富养自己的精神世界

允许一切发生

勇敢做不被定义的自己

哲思篇

李梦霁 著

北京理工大学出版社

图书在版编目（CIP）数据

允许一切发生．哲思篇：勇敢做不被定义的自己 / 李梦霁著．-- 北京：北京理工大学出版社，2024. 9.

ISBN 978-7-5763-4462-2

Ⅰ．I267

中国国家版本馆 CIP 数据核字第 20248M9N39 号

责任编辑：徐艳君　　文案编辑：徐艳君
责任校对：刘亚男　　责任印制：施胜娟

出版发行 / 北京理工大学出版社有限责任公司
社　　址 / 北京市丰台区四合庄路6号
邮　　编 / 100070
电　　话 /（010）68944451（大众售后服务热线）
　　　　　（010）68912824（大众售后服务热线）
网　　址 / http://www.bitpress.com.cn

版 印 次 / 2024年9月第1版第1次印刷
印　　刷 / 三河市中晟雅豪印务有限公司
开　　本 / 880 mm × 1230 mm　1/32
印　　张 / 7
字　　数 / 85 千字
价　　格 / 59.80 元

每个人都有一个纯粹的真我，也许行走太久便失落了它。

别担心，走慢点。

等等它，倾听它，呼唤它，抚摸它，真我会回归你的身旁。

遇见未知的自己时，请不要忘记，对它说：“亲爱的，你好。”

身体是一重门，跟你的身体对话，才能实现与真我的联结；情绪是一重门，臣服于自己的心情，认同、接纳，然后释放；思想是一重门，唯有定静与检视，可以让我们望见真我的微光；最后一重门是身份认同。

年轻时自负，总以为想要的就可以得到，于是殚精竭虑地抓取，却又瞻前顾后地害怕失去，一切只因，太看重。

得到时不快乐，失去时常纠结，没有活在当下的智慧，就永远内耗。

舞台只有那么大，却引得无数人想要跻身其中。

于是裁掉锋芒，裁掉灵魂，泯灭个性。

我不要温柔地走进那良夜，不要麻木，不要妥协，不要随波逐流。

越不过的从来不是山，是我数不清的执念。

其实，只要我们人生的每一个选择，都光明磊落，无愧于心，此生又何必再从头？

保罗·塞尚（Paul Cézanne，1839年1月19日—1906年10月22日），法国后印象主义画派画家。

他的作品和理念影响了20世纪许多艺术家和艺术运动，尤其是立体派。塞尚的最大成就是对色彩与明暗具有前所未有的精辟分析，颠覆了以往的视觉透视点，空间的构造被从混色彩的印象里抽掉了，使绘画领域正式出现纯粹的艺术，这是以往任何绘画流派都无法做到的。因此，他被誉为“现代艺术之父”。

推荐序

李梦霁不该只是我一个人的榜样

01

《玫瑰的故事》开播后大火，刘亦菲扮演的女主角广受喜爱，梦霁兴冲冲地来找我："哎呀我跟你说，这个女主老惨了，跟我一模一样，美强惨，你知道哇（太原口音）！"

我噗嗤一声就笑了，一出场就自比刘亦菲，一点心理负担都没有，除了梦霁还有谁？

她的话匣子打开了就关不上："我跟你说，一个女孩子，在很年轻的时候受欢迎，并不是一件绝对的好事，被喜欢来得太容易，反而无法识人，容易轻信、错付、爱而不得……”

在熟悉的人面前，梦霁不是一个“作家”，她离文学很远，就是一个亲切的、话痨的、有点小自恋的女生。

她的微信昵称叫“仙女小霁”，居然沿用了十几年，我送她一个表情包：“从未见过如此厚颜无耻之人”。

看完《玫瑰的故事》，人们纷纷赞扬女主角是新时代的独立女性，但该说不说，梦霁自比刘亦菲还真不是夸大其词。

了解梦霁的人都知道，她是怎么把“大女主剧本”活成现实的，她的故事已经写了三本书，神奇的是，竟然本本不同，相信很多老读者比我更熟悉。

我想讲的，是梦霁这个“大女主”一个不为人知的特质：厌男。

当然了，这里的厌男不是真正的讨厌男性，且听我细细道来。

梦霁的成长历程，堪称与男性的斗争史。

小时候是真的“斗”——和男生打架是常胜将军；上

中学，听老师动辄念叨“男生后劲大，女生到高二就不行了”，为了给老师的话证伪，她自始至终考第一，把班里的男生全方位碾压；大学读了师范，男女比例1：10，物以稀为贵，年级级长向来是男生的专属，但梦霁硬是把这个位置抢过来，又干得出类拔萃。

写到此，同样身为男性的我，当然不是要参与性别对立，并站到对方阵营，只是想帮读者看到梦霁一个有趣的侧面。

她喜欢穆桂英挂帅，喜欢花木兰替父从军，性子要强，不服输，从来不认同“女孩就应该柔弱、依附、只负责貌美如花”。

我对她说：“你才是真正的女性解放代表。”

成为独立女性，她不是嘴上说说，而是身体力行。

02

梦霁出生于一个传统的文人家庭，书香门第，受人景仰，但父母对她管教颇严，要求极高，规矩甚多，把她培养得无比优秀、出众的同时，她也吃了比我们普通人更多的苦。

好在她100斤的体重里有99斤反骨，叛逆期从小到大，18岁就背上包袱，远走他乡了。

从前的梦霁一直在冲破藩篱的路上，走得逶迤曲折，今年她30岁，我看到，她好像终于自由了。

离了婚，辞了职，开了公司，环游了世界，没有一件事不是她“自作主张”，每一件事她都干得漂漂亮亮。

我觉得，这才是梦霁理解并亲身践行的“允许一切发生”。

允许，不是被动忍受，消极躺平，任由生活摆布。

允许更基于创造，创造出一片沃土，施以丰富的肥料，播下各色的种子，剩下的交给生活。

生活自带时间和雨露，你只需允许一切想得到、想不到的幼苗生发出来，然后长成奇花异草或是参天大树。

允许一切听天命，但是，是尽人事之后的听天命。

如果只是躺倒不动，那么什么都不会“发生”。

03

承蒙不弃，我的朋友里有好几位都是清北、藤校的学霸，但梦霁是我见过最聪明的人。

她的头脑固然聪敏，但我更想谈的是她的智慧。

“人不应该两次踏入同一条河流。”这是梦霁常说的。

每次我掉了坑来找她，她都让我想明白三件事：为什么掉坑，现在怎么做能最大限度弥补损失，如何避免下次再掉坑。

勤于思考，且善于思考，是她最大的财富。

小时候老师说，会做的题不做错，就赢了90%的人。

但我们很多人的一生，都在把会做的题做错，而反复掉坑。

梦霁的亲朋和老读者都知道，她30年的人生里遭受过很多生活的暴击，但单纯的挫折并不会予人智慧，她能从这些坑里走出来，靠的不是乐观的心态，而是强大的思考力。

我从未见过像她一样忙的人，不是身体上“996”

“007”的忙碌，而是她的大脑停不下来。“咋办呀”是她的口头禅，不管什么事，她都想知道解法。她习惯于把一件事从前到后、从里到外地想个底儿掉，制订不同的方案，然后全方位比较，一个人就是一座智库。

梦霁是文科生、文学作家，你可能以为她是个趋于感性的人，但如果你了解她，你会发现她是一个非常理性的人，虽然她物理不及格，但她本质上是一个理科生。

“如果仅凭这一个事例就得出这样的结论，我觉得是存疑的。”

“同样条件下，却得到了不同的结果，这其中一定有一个变量，变量是什么？”

“只有不断纠偏，才能越来越切中靶心，为不确定的生活提高确定性。”

这就是梦霁工作、生活中常说的话，她总能给复杂的生活一剂解药，把我们的困惑抽丝剥茧拆解开，然后让我们看到，其实一点都不复杂。

她有个闺密说：“好多人花大价钱，都找不到你这样的人生规划导师。”

所以我觉得，买她的书是值得的，她很爱惜自己的文字，她的书里凝结了她所有想法和智慧的精华。

伤心时你可以找人倾诉，擅长聆听的人有很多，但你若想找人解惑，还得是梦霁。

04

光想明白没用，梦霁的成功还来自她真的能改变和进步。

我清楚地记得，她说过这样一段话，掷地有声：“许多人说‘江山易改，本性难移’，我不信。这是懒惰者的借口，有人生下来什么样，一辈子都什么样，但人是可以改变的，只看你想不想。”

梦霁小时候是个“超级社恐”，在桌上吃饭都不敢夹菜，只能悄声让妈妈帮忙；大学时她打辩论从院赛一直打到省赛，才思敏捷，口齿凌厉，没人信她是社恐。她是四辩，但一辩稿和二三辩的提问稿也都是她写的，一个人就是一支辩论队。

除了打辩论，她上大学时还主动参加了数不清的比赛。

旅游管理学院的导游大赛她要参加，商学院的创业比赛她也要参加，英语学院的演讲比赛她还要参加，甚至校园歌唱大赛她也没落下。

这不是今天大家所说的“卷”，“卷”是为了赢过别人，她只是为了锻炼自己的能力和胆量，她是为了赢过自己。

从那以后，梦霁再也不胆怯了——她兼职过各种活动的主持人；当选“年度中国影响力作家”时，台下坐着知名作家余华、残雪、格非，22岁的她上台发言一点都不怯场；如今赶上自媒体浪潮，做直播也游刃有余。

她一直在变成更好的人，变成2.0、3.0版本的李梦霁。

05

读到这里，你千万别以为李梦霁就是个无聊的成功人士。

这个人，一点都不无聊。

高中听历史、地理老师讲世界各地的人文气候，本科时听了背包客小鹏在学校做的讲座，梦霁就开始拼命攒钱，从走遍中国开始，直到完成自己的《寻梦环游记》。

金字塔里埋葬着埃及法老？她要爬进去看看。

考拉和袋鼠只有澳洲才有？她必须得去亲手摸摸。

北京的墨西哥餐厅里有三奶蛋糕？她飞到墨西哥亲自尝尝。

十年前在书里看到一张羚羊谷的照片，30岁从洛杉矶自驾12小时去拜访。

旅游杂志里偶然看到尤卡坦的天坑，这只“旱鸭子”立刻买机票去天坑跳水。

最近，她结束了为期半年的环球旅行，跟我分享她在拉美学到的西班牙语，阿瓜（agua，水），嘎洒（casa，房子/家），说准备正式开始学习一门小语种，她对自己要求不高，日常对话听懂60%即可。

因为一路上参观了太多教堂，她萌生了了解宗教的兴趣，买来很多书，她说要好好学习，反哺写作，因为“这些宗教领袖才是最会讲故事的人”。

她还买了一台缝纫机，从做帆布包开始，展望未来“自己做衣服自己穿”的田园牧歌生活。

我心想：“不愧是你。”

06

在上一本书里，梦霁推荐过一部纪录片——《自然法则：吸引定律》，“省流版”一句话总结就是：心想即事成，想要发生的事就会发生。你想要实现一个目标，就坚定地相信自己会成功，只要你足够相信，它就真的会实现。

听起来很离谱，对吧？但梦霁好像一直在验证这个定律。

2022年年底，她一心想离婚，众所周知，诉讼离婚通常要花两三年，结果真到她起诉时，前夫家一通愚蠢操作（这本书后面有写），促使她29天就离婚成功，比需要一个月冷静期的协议离婚都快。

2023年夏，她第一次萌生环游世界的想法，结果下半年突然部门裁员，年底她就拿着失业金，坐上了去冰岛的航班。

我倒是不信玄学，但我相信努力，当你坚信一件事会实现，行为就会下意识地往这个方向努力，一旦合适的机缘或条件出现，事情就顺理成章地成了真。

机会只留给有准备的人，梦霁的人生就是为各种可能性做准备。

她不是相信某一件事会发生，她允许一切发生。

为此，她武装了自己的大脑，积攒了足够的资本，相信自己什么都能做成，然后不经意间……把什么都做成。

我不知道梦霁接下来的人生还会发生什么，她也不知道。

但妙处正在此。

希望本书的读者能同我一起，不局限于在梦霁的经历里寻找共鸣，不只看到她关关难过关关过的乐观勇敢，也体会和学习她每事必究的思考力、勇于改变的内驱力和乐于探索的好奇心。

李梦霁不该只是我一个人的榜样。

最后，她还有个我不能透露的宏大梦想，可能不知道哪天又实现了，那就等她在《允许一切发生N》里自己讲吧。

张书凡

于澳大利亚黄金海岸

目录

contents

第一章 我绝对而完全地主持着我

月下风前，逍遥自在，兴则高歌困则眠。

第二章 共赴一场春天的花事

家住苍烟落照间，丝毫尘事不相关。

第三章

稳住内核，在宇宙间不易被风吹散

茶一碗，酒一尊，熙熙天地一闲人。

第四章

当悲伤开始，幸福就在倒计时

雨过天青驾小船，鱼在一边，酒在一边。

—

第一章

—

我绝对而完全地主持着我

月下风前，逍遥自在，兴则高歌困则眠。

——元·冯尊师《沁园春》

在月光下，清风前，逍遥自在，兴致高时就高歌，困了就去睡觉。

见自己，见天地，见众生

01

很小的时候看《天国的嫁衣》，女主角说：“18岁，我终于攒够了钱，如愿以偿地，一个人来到巴黎。”

当年还是浪漫的文艺女青年，对于这类梦幻腔调自是着迷。

若是我在18岁，也能一个人漂洋过海，去其他国家走走看看，想必会是幸福的记忆。

于是，偶像剧的桥段成了我的梦，未曾想，竟成了真。

19岁，一个人，温哥华。

结束了12小时飞行，初下飞机，阳光温淡岁月静好，心似琉璃轻暖轻寒。

赴加拿大之前，听说温哥华多雨，少晴。

到了温哥华，听当地人说，七、八月是温哥华鲜有的少雨季节，2013年又是史上最少雨的夏季。

于是，阳光就满满地，开出整个盛夏的回忆，倾国倾城。

02

有人说："所有乡愁都是因为馋。"

出国后终于理解了这句话。

我长在爷爷奶奶身边，奶奶是云南人，烧得一手好菜，我们一家三口，每天午、晚饭标配都是四菜一汤，荤素搭配。

在加拿大，早、午饭都是自制的简易三明治和水果，两片全麦面包，抹上沙拉酱，夹一片芝士、两片培根，搞定。

晚饭相对隆重，有意面、通心粉、烤鸡翅、炸薯条、曲奇饼干等。我和小伙伴们都觉得，通心粉神似我家乡的面食——猫耳朵，我们就把它戏称为“拌着沙拉的猫耳朵”，别有一种“他乡遇故知”的奇妙感觉。

某天晚上，我的寄宿家庭有朋友拜访，全家就在阳台办了一场小宴会，男主人用烤箱烤面包，煎好培根和香肠，夹在面包里，自制汉堡和热狗，这就是主餐，蓝莓派是饭后甜点。

加国盛产蓝莓，我们在学校还赶上了“blueberry festival”（蓝莓节），有蓝莓派、蓝莓酸奶、蓝莓面包等出售。蓝莓派极酸，小伙伴们只能“浅尝辄止”，纷纷吐着蓝蓝的舌头找水喝。

我的寄宿家庭是亚洲人，且有福建血统，因此甜点之后还要饮茶，这就是一个加拿大普通家庭较为正式的一餐晚饭。

我和朋友们偶尔去饭店“打牙祭”，列治文是加拿大的华人区，在那里基本不需讲英文，各种招牌、菜单都是汉语。

尽管对我们而言十分便捷，但许多当地人反对“华人区无英文”，我的老师说，虽然她是土生土长的加拿大人，但每每来到列治文，都感觉身处异国他乡。

无论如何，我和朋友一行五人去列治文吃了一次小肥羊，脱口而出的“thank you”换来中国老板一句“欢迎下次光临”，颇感亲切。

远在他国，听到乡音无改，是会有某种沉甸甸的乡情油然而生的。

03

我在英属哥伦比亚大学做交换生，简称UBC，它不仅是一所大学，更像一座包罗万象的象牙塔。

好几个大型图书馆，书卷浩如烟海自是不必说，学校里竟然还有一座广阔的植物园，郁郁葱葱，挤满花草树木，学到英文单词“ecotourism”（生态旅游）时，老师竟带领我们全班同学，在学校的植物园里，来了一场货真价实的“生态旅游”。

走上悬在高空的“林园吊桥”，摇摇晃晃，我那时年纪小，胆战心惊，一路尖叫，引得同学们哈哈大笑。

我对成为“谐星”这件事从不介意，因此老师和同学们总和我开我玩笑。

我那时拥有一个搞笑的英文名，音似我的中文名“梦霁”——Monkey（猴子），它实在太好记了，老师总点名喊我回答问题，可我第一次出国，英语不灵，闹了很多笑话。

印象最深的是，当地人没有午休习惯，只有一小时午餐时间，可我来自“睡省”山西，我们那里的小孩都是“中午不睡，下午崩溃”，甚至山西境内几乎所有餐馆、商店、小卖部中午都要关门午睡的。

老师知我习性，每天下午一进教室就问：“Where is Monkey？”（Monkey在哪？）

我睡眼惺忪地举手，老师问我今天感觉如何，我正要说：“I am sleepy.”（我很困。）

老师率先说：“不许说 s 开头的单词。”

我灵机一动打算说：“I am tired.”（我很累。）

老师打断我的话，又说：“也不能说 t 开头的单词。”

我欲哭无泪，悻悻地说：“I am fine.”（我很好。）

老师说：“既然感觉良好，那就请Monkey同学来给我们讲讲……”

我只能原地扶额，然后赶鸭子上架地努力回答问题。

不过，正因为老师对我的“特殊关爱”，我的口语水平有了突飞猛进的提升，从加拿大回了国，我就去全球知名英语辅导机构——英孚兼职口语老师了。

除了植物园，校园里还有林林总总的博物馆——人类学博物馆、生物多样性博物馆，每一个博物馆都让我们大开眼界。

在人类学博物馆里，陈列着加拿大土著印第安人的生活物品，老师说加拿大人对土著居民、土著文化存有深深的敬畏，可能与他们的祖先曾屠戮印第安人有关。

如今，在温哥华机场仍有许多擎天柱，我原以为是某种装饰，后来得知，那是土著居民的图腾。

参观人类学博物馆时，我陷入沉思，加拿大是一个建国不足200年的年轻国度，但他们对历史文化的重视、敬畏与自觉却是深刻的。

而我们的历史那样悠久，民族记忆那样深厚，在大学里却难以寻到这样琳琅满目的博物馆。

许多人对历史的觉知，停留在高考结束的那一刻。

诚然，学习历史没有什么功利的有用性，不能让我们升职加薪，但忘记和漠视历史，却诞生了敦煌的王道士。

04

虽然午休时间短，但我们下午放学极早，3:45准时下课。

温哥华地处高纬度地区，夏季白昼格外长，晚上近10点才天黑，于是，我们有充足的时间，探索这座城市。

Stanley park（史丹利公园）闻名遐迩，是一个绿草如茵、绿树成荫的公园，环海，有人骑自行车环岛游。公园里有一个流光溢彩的水族馆，珊瑚、水母、色彩斑斓的小丑鱼、大如手掌的蝴蝶，当然还有水族馆经典项目海豚表演。

最有趣的是我的东北同学说："史丹利公园？我们那旮旯有史丹利化肥。"

Whistler（惠斯勒）是一座雪山，亮点是山顶之间的缆车游。

缆车有不同的模样，有普通缆车，一个包厢，坐八个人，也有仅能乘坐两人的"敞口长椅"，只有一个座椅，四围没有玻璃，并非封闭式缆车，腰部系一根安全带，俯瞰即是万丈深渊，坐上去还有一点惊心动魄。

在雪山上，我们看到蓝莹莹的冰川，此生没见过雪的广州同学激动得热泪盈眶。

到了周末，我和同学们一起去温哥华游乐场。

加国人稀，每个项目都无须排队，但这也让我们无法观察前人的玩法，每个项目都是直接入场，有的甚至不知是何项目，已然被工作人员"五花大绑"地捆在座椅上。

“无知无畏”，原本胆小的我因此尝试了过山车、大摆锤、跳楼机……我小时候去家乡的嘉年华，刚踏进鬼屋的头一个房间，就哭着跑了出来，谁能想到若干年后，在大洋彼岸，我竟然享受着过山车的心跳。

或许人总是在不熟悉的地方，才会变得更勇敢吧。

无枝可依，所以无所畏惧。

温哥华属于英属哥伦比亚省（BC），我们恰好赶上了“BC day”，是英属哥伦比亚省自己的“省庆节”，全省休假。

辞别温哥华，我们来到省会城市维多利亚，参观“小人国”——各种各样精巧的模型，有的呈现英法战争、拿破仑战争等历史事件，有的描绘草原、小屋、羊群等欧洲田园生活图景，有的讲述灰姑娘、老巫婆的童话故事。

穿着蓬蓬裙、戴着公主帽的邻家女孩，站在院子中央，冲头戴牛仔帽、身穿褐色皮夹克、牵着马的帅小伙招手，一脸娇羞；街灯映雪，一个衣衫褴褛的孩子，趴在灯火通明的书店橱窗边，向里面痴痴地望，窗口只有大拇指甲盖大小，屋内的店主毫发毕现，做工精致，令人叹为观止，仿佛《核舟记》跃然眼前。

小人国是专为孩子开设的景观，让每一个小朋友，不需要踮起脚尖来看这个世界。

在这里，没有庞然大物，没有居高临下，只有为他们量身打造的一个小小王国，这是对孩童深深的关切。

我是“90后”，日新月异的科技已使我的童年相较父辈、兄辈多姿多彩，但我由衷羡慕这里的孩子，在相信童话的年纪，拥有只存在于我梦境中的乐园，他们的童年，大约永远不会乏善可陈。

爱与同理心，让每一个孤单的孩子，眼睛里有光。

05

加拿大人不愿住在市中心的高层公寓，用我老师的话说就是“像沙丁鱼一样挤在一起，令人窒息”。

人们住在郊区的独栋别墅，两三层楼，还有小花园和地下室。我的寄宿家庭也是如此，因为远离市区，上学坐公交车，要花40分钟。

公车站相隔很近，在这个车站抻长脖子就能看到下一站。

从前，我没见过坐轮椅的残疾人乘坐公交车，在加拿大却很常见。若遇残疾人候车，司机会将公交车高度下降，弹出一个通向站台的平板，轮椅通过平板进入公交车。

车前排两侧是可以扶起的座椅，还有一个软板立在座位旁。

当残疾人上车，前排乘客会主动离座，将座位扶起，算是

“让座”。等他们将轮椅停靠在软板旁安顿好，司机才会开车。

满车乘客都在等待，很耐心，没有人急躁、催促和不耐烦。

在那里，我常感到这种对弱势群体的价值关怀，和人道主义的平等相待。没有刻意，仿佛是自然流淌的善意。

赴加期间，我还有幸见到“性少数群体自豪周”的游行。

周六，市中心，人山人海，道路戒严，车辆改道。

游行的人，有的盛装打扮、花枝招展，有的人体彩绘、一丝不挂，歌声、舞蹈、呐喊、演说，热闹非凡。

那是2013年。

在我的大学，曾有一场与此相关的讲座，被校方紧急叫停，讲授人带着一群求知若渴的学生，“打游击”似的躲避校方监控，却终是被勒令中断。

海纳百川，接纳不同，尊重差异是文明进步的标志，身处游行现场，看到写着“尊重”“理解”“非歧视”“无差

别的爱”的牌子，我热泪盈眶。

离开时，忆及早年看过的一部电视剧，《别了，温哥华》，归国已久，现在想来，那些透明如水的日子，是回忆里的一盏香茗，沉淀成我生命的底色，历久，弥香。

那是我第一次出国，自那时起，我开始萌生了对世界的好奇。

季羡林说：**“我知道，未来的路也不会比过去更笔直、更平坦，但我并不恐惧。我眼前还闪动着野百合和野蔷薇的影子。”**

对于这个人间，我只是一个路过的女子，用最古老的容颜，见证一场又一场烟火。

我只愿在不断行走中，见自己，见天地，见众生。

永志不忘，小姑娘。

人生如逆旅，我亦是行人

01

似乎女孩子少有偏爱武侠的吧，我却对其情有独钟。

早就听闻，金庸是侠客，古龙是浪子。

早先读武侠，无非是某种“英雄情结”，倾心于玉树临风、武功盖世、豪情万丈、柔情似水的主人公，所以喜欢金庸、梁羽生，喜欢杨过、张丹枫，因为侠客长情，最是动人。

因为迷恋，所以相信；因为深信，所以执着。

然而，当我独自行走世间，遇见、相识、相知、离散，阅尽一场又一场离合悲欢，终于明白，生而为人，须得有种浪子情怀。

红尘阡陌，无非一场筵席，终有一日，曲终，灯暗，人散，尘归尘，土归土。

你我，何必执着？

执着如锋芒，伤人亦伤己。

02

东坡有诗云，人生如逆旅，我亦是行人。

行走天地这些年，我心心念念、汲汲追求的到底是什么呢？

是傲人的成绩吗？

读书时，我是“千年不变”的年级第一名，傲人的成绩，我得到过，却没有想象中快乐。

你看得到我的一纸成绩，却看不到我一路的心迹——我是那样惶恐不安，似乎唯有那张成绩单，才能证明我存在的价值，习惯了第一名，就会恐惧，恐惧不再优秀。

我怕输，怕见旁人锐利的目光，所以我很累，脆弱而惶惑，老师鼓励成绩靠后的同学：“现在的成绩不能说明任何问题，高考才是真正的战场。很多人平时成绩很好，一到大考就败北，而有些同学成绩普通，高考却能超水平发挥。”

台下军心鼓舞，我却忧心忡忡，生怕自己是“败北”的那个。

那时，我虽然成绩好，也有闺密，但我非常孤单，是一种无法与人言说的孤单，说出口，别人只会觉得我矫情、“凡尔赛”，也有人把它称为“高处不胜寒”。

青春期的女孩，淡漠、孤傲、独立、坚强，燃尽全部青春与心血，却以一分之差挥别梦寐以求的学府。

怕输，却输得一败涂地。

年轻时自负，总以为想要的就可以得到，于是殚精竭虑地抓取，却又瞻前顾后地害怕失去，一切只因，太看重。

得到时不快乐，失去时常纠结，没有活在当下的智慧，就永远内耗。

03

曾有一个上了年纪的语文老师对我说："你太执着却又太早慧，这两种品质在一起，不太容易幸福。"

年少不解其中意，后来才渐渐懂得。

执着者，如若一心挂牵、只身向前，心无旁骛地追求而不顾盼他物，最终方可成功，比如电视剧《士兵突击》里的许三多；聪慧者洞若观火而能泰然看淡，便可乐得逍遥、洒脱、无所束，比如小说《京华烟云》里的姚老先生。

但若聪颖者执着，便可能劳而无功，一世心累，一如《红楼梦》中的王熙凤。

假期在家，重温小时候看的电视剧《血色浪漫》，依然会为女主角深感遗憾。

女主角周晓白才貌双全、家境优渥、专一深情，却被男主角狠狠抛弃，因为痴执，所以一种相思两处闲愁，才下眉头却上心头。

而男主角为之牵挂一生的，是生性洒脱、随遇而安的普通女孩秦岭。她说：**“这段路我们一起走，下个路口分道扬镳了，就好好地道一声再见。”**

醉笑陪君三万场，不诉离伤。

秦岭不执着、不痴心，却牵动了男生一辈子的心意。

终于明白，茫茫人海，在你的生命里，我亦是行人。

也许你曾为我驻足，为我侧目，却终要继续埋头赶路。

你之于我，莫不如是。

身边的位置只有那么多，自然人来人往。

你来，我笑靥如花；你走，恕不相送。

我开始享受孤独，遵循内心，不怕离群。

其实，我们这一生遇见的太多人，都只是过客而已。

莱昂纳德·科恩说：**“你一直希望自己勇敢而真实，那么现在做个深呼吸，用猛烈的孤独，开始你伟大的历险。”**

04

杜牧的“轻罗小扇扑流萤”，总让我想到生命。

滚滚而来历史的车辙，数不尽烟云往事，人类的命运，只是宇宙间一粒微茫的流萤。

我们的少女时代，还在看郭敬明，他说：“我们活在浩瀚的宇宙里，漫天飘浮的宇宙尘埃和星河光尘，我们是比这些还要渺小的存在。”既然如此，生命是跌撞的曲折，死亡便是宁静的星。

我曾走不出亲人辞世的悲痛，每每念及总会无限自责、不舍、不甘，倘若能看破，也可化作庄子的长歌当哭了吧。

佛家三境，曰：勘破、放下、自在。

走过而立之年，终于读懂古龙，读懂了“浪子之心”。

香港才子蔡澜走到晚年，太太离世，他一个人住在香港最豪华的酒店套间，雇了八个用人伺候自己，吃喝无忌，不怕熬夜，每天睡到自然醒，醒来玩游戏、品美酒美食，抓紧生命最后的时光享乐。

他说：“如果人生不快乐，活多久都没意义。”

人生在世不称意，明朝散发弄扁舟。拥有一点潇洒的“浪子情怀”，或许会走得更坦然些。

“原谅我这一生不羁放荡爱自由”，歌手黄家驹斯人已逝，他留下的曲中智慧却永恒流传。

大多数人把梦想束之高阁，只有少数人趁着夜色出发

01

可能与童年经历有关，一直以来，我都是一个天马行空的人，喜欢仰望蓝天，喜欢胡思乱想。

在我18岁这年，生命发生了翻天覆地的改变。

大学食堂里贴着巨幅海报："《我们为什么旅行》背包客小鹏系列讲座，11月16日约定你。"因着一点执着，一点

信仰，我推开了报告厅的门。

后来，我才知道，我推开的是另一个世界，抵达未知的自己。

那场讲座让我看到了生命的另一种可能，5年后，我认识了背包客小鹏，他酷爱旅行，没有上过一天世俗意义的“正经班”，在微信里，他对我说：“从小我们就接受吃苦的教育，所有人都在告诉我们，吃得苦中苦，方为人上人，但是我就想看看，人这一辈子，如果只做自己喜欢的事，有没有可能过好这一生。”

那是一种振聋发聩的勇敢。

只按自己的心意，有没有可能过好这一生？

这句话在往后漫长的人生里，引领我不断追逐——追逐光，追逐热忱，追逐一种叫作生命力的东西。

“在漫长的旅途中，总有那么一束光，让我们肃然起敬。它引领我们穿越茫茫黑暗，穿越墨守成规，穿越平淡过往。那束微光，就是梦想。”这是那场讲座的开场白。

过去18年，梦，做了一个又一个，而今却停留在脑海深处，止步不前。偶尔探出脑袋，小心翼翼地四处打量，却总被理智的大手弹一个爆栗，又畏畏缩缩地乖乖归位。

因为喜欢读书，所以我听说过“若为自由故，二者皆可抛”，也理解苏格拉底所说的“自由不死，灵魂不灭”，但我未曾行万里路，所以不懂旅行者素面朝天、埋头赶路，不懂阿格拉路边摊的美食爬上舌尖。所谓的“懂得”，是纸上得来终觉浅。

“人活着，不过一点梦想加一点信仰。大部分人把梦想束之高阁，但还是有一些人整理好背包，趁着夜色出发了。”这是背包客小鹏在讲座最后分享的一句话：“既然每一段路都有终点，那就请在抵达前，独自狂欢。”

听闻此语，我泪眼潸然。

许是离家漂泊，心变得很敏感、很柔软，那些只言片语，轻而易举地触动我的心弦。

有多少梦想，因现实的残酷而搁浅；有多少情感，因汲汲奔波于红尘而麻木不仁；有多少灵魂，因不堪重负而丧失飞翔的能量；有多少生命，因为妥协而失去色彩。

能让我们泪水涟涟的，不只有感情、往事、故人，还有可能是梦想。

意犹未尽地买来小鹏《我们为什么旅行》一书，他留给我们一座城池，供我们一边祈盼，一边怀念，一边深陷。

在他的眼里，伊斯坦布尔的黄昏是场老电影，魁北克却分明是一个童话；他幻想着搜集一杯香浓的蘑菇汁，里面一定有森林的味道；他看见十几只透明的小海蟹，从毯子旁边爬过，发出细微的簌簌声；也看见贝加尔湖的日出，唤醒卧在沙丘上将醒未醒的骆驼；他守候极光，因为极光是一座通往天国的桥，能让我们看到亲人过得好不好……

那个存在于书页里，深深浅浅的世界，是怎样的明媚灿烂而又生机盎然。

原来，这世上还有那么多风景我未曾触及，那完全是另一个天堂。

很多时候，我们过不上想要的生活，是因为我们没有见过那种生活的样本。

我们过着朝九晚五、车贷房贷、鸡娃生活，是因为我们理所当然地以为，所有人都应该活成这样，没有例外，无一幸免。

读书、旅行、互联网，都让这个世界变得更平，让另一种人生的可能性在我们眼前徐徐展开。

而拥有更多选择权，就是自由本身。

02

每一次生命的变迁，都源于一个遥远的召唤。

真正的旅行，是内心深处的召唤。

上大学前，我的足迹也算遍布全省，有时是跟随父母单位出差，有时是探望远方亲人，沿途游玩，还有参加学校的夏令营，但仔细想想，这些地方并不是我的主动选择，无一是追随内心的呼唤。

旅行，被赋予太多杂质，开会、探亲、学习，反倒不再纯粹。本是追寻风景，暂别喧嚣，却被俗世琐事羁绊，到头来本末倒置。

初中毕业那年，我们班组织了一场毕业旅行，去青岛、威海、大连、蓬莱几个城市，一想到要看海，从小在内陆城市长大的我欣然报名。

但我的好朋友生病了，临时缺席，于是，我在整个旅途中，都在想着“如何融入这些没那么熟悉的同学”，根本无心看风景。

高考前，我爸妈带我去北京参加自主招生考试，原计划考完带我逛逛老北京的胡同，我爸爸在京定居的老友，还邀请我们去中国大饭店吃大餐。

没想到，考试那天，一连考了五门课，每一门都题量极大，考完我整个人心力交瘁，看了什么风景、吃过什么美食一概不记得，只记得我躺在餐厅包间的沙发上呼呼大睡……

远方，若不是你发自内心的渴望，就不能称之为真正的旅行。

03

如今，很多人的旅行都只是为了“打卡”“盖章”“出片”。

我在30岁这一年环游世界，被问到最多的问题是："可以给我一份攻略吗？"

我每次都坦诚地说："我没有攻略。"

相比于"特种兵旅行"，用一次旅行囊括所有必去景点，我更享受慢悠悠地行走。

所以我去每一个国家，即便是小国，都安排了至少半个月的时间，甚至会在一个地方足足待够两个月，去观察，去生活，去深入体验当地的风土人情。

我听说过"欧洲15天10国游"的旅行团项目，单是听这个名字，我已经感到脚软了。

闺密从另一个城市来我家过周末，满满当当安排了天津两日游，竟打卡了天津所有的景点，我在这里生活两年，去过的景点都没她多，她的好体力我自叹弗如。

我没那么急迫，也没那么较真，在旅途中，我会睡到自然醒，不让身体太过劳累；午饭后，如果感到疲惫，还会返回住处午休。

我是山西人，有趣的是，每个山西人都有一个雷打不动的午睡习惯，一到午休时间，山西的饭馆、商店、小卖部都悉数关门，原因是老板睡午觉去了，山西也因此被称为“睡省”。

于我而言，旅行，是把生活短暂地搬去远方，不论在哪，我依然在过着我喜欢的日子，而不是去另一个城市，列一个密密麻麻的任务清单，完成特种兵的任务。

那些没来得及拜访的景点，就下次再来吧，人生那么长，总有机会的。

04

刚到巴塞罗那时，我打开小红书，搜索推荐美食，几乎所有热门帖子都指向了同一家店，博主们贴心地准备好了

“必吃菜单”，图文并茂，于是我欣然前往。

到店后，我发现这里全是中国面孔，我们每个人都掏出手机，给那个西班牙服务员指着同样的图片，点了一桌同样的菜。

上菜后，我们纷纷拍照，再发小红书——“这是在小红书跟风最成功的一次”。

那天店里所有中国人，发在朋友圈里的照片，除了人脸不同，无甚差异。

游人络绎不绝，甚至不止一天，而是每天。

我突然觉得很无聊，这样千篇一律的二手人生、二手旅行，有什么意思？

从那之后，我就拒绝求助小红书了。

我们已经来到了梦寐以求的远方，却没有自己探索的动力和热情，拿着一张他人写好标准答案的试卷去模仿，去复刻。

旅行是为了体验，而不是为了交卷。

“你一直在奔跑，有没有想过你在寻找什么？最绚丽的色彩、最诡异的传说、最摩天的高度、最真切的爱恋？”这是背包客小鹏写在书里的疑问。

真正的旅行，与他人无关，不是为了展示在社交媒体里的虚假精致，而是走进大自然的怀抱，回归人性最初的本真，给自己一个空间，一个走进内心的空间，听听我们的心，告诉我们什么。

慢下来，停下来，你看，月色正好，梅花正香。

05

“旅行是一场修炼，无论能否建起通往天堂的巴别塔，只要去学习、去尊重、去包容、去爱，那都是一个比昨天更好的自己。”这是小鹏的答案。

那么，我的答案呢？

我想，旅行中的快乐随时随地，生活中的快乐却总是来之不易。看见陌上花开，听见雨打残荷，尝到人情冷暖，都足以让旅者不亦乐乎。

行走的人用同等长度的生命，却比待在原地的人多看了一个世界。在旅途中，他们修炼出更加美好的自己，也让生命的张角扩大。

讲座结束，我回到宿舍，写下这样一段话。

我想起自己的梦：也曾想去普罗旺斯，守候漫山遍野薰衣草的盛放，去塔希提岛与相爱的人执手赏日升月落，去耶路撒冷揖拜信仰与灵魂；藏地的格桑花曾盛开在我的梦里，江南的油纸伞是挥之不去的情愫。

可惜的是，这些地方只活在我的梦境中；可喜的是，它们依然活着。

那就放胆去做吧，我对自己说。

我永远不会忘记，那场改变我人生轨迹的讲座，它使我爱上旅行，更重要的，是让我爱上自己，让我坚信自己可以过上喜欢的生活，而不是循规蹈矩地活成他人期待的模样。

我也希望我的文字，像曾经那场讲座一样，可以唤醒更多年轻人——趁着年轻去行走、去流浪吧，你一定要过上自己喜欢的人生啊！

就像济慈的那首诗：**“永远热烈，永远心跳，永远尽享欢愉，永远青春年少！”**

18岁的我即将上路，成为下一个追梦的人。

做曾经做过的梦，爱曾经爱过的人。

生命是一个童话。

人生建议：尽早对世界祛魅

01

我刚满20岁时，去香港浸会大学暑期交流，在香港待了一整个夏天，觉得香港是世界上最美好的城市——它那样繁华、发达、洋气，高楼鳞次栉比，地铁呼啸而过，男生西装革履，女生妆容精致，是我梦寐以求的定居城市。

后来，我努力刷绩点、考雅思、做交换生，请国外的老师帮忙写推荐信，终于拿到香港中文大学的硕士录取通知书，却因故无法入读。

香港中文大学社工系的系主任知我另有隐情，特许我延迟入学一年，让我用这一整年时间，继续与本科学校博弈，争取补齐入学手续。

第二年，开学的日子如期而至，我仍未能得到想要的答案，系主任也很遗憾，把学费一分不差地退还给我。

港校是在接受录取后、入学报到前交一半的学费，名叫“留位费”，意思是付费占用学校的招生名额，如果后续没有入读，这笔留位费理应是不退的。

而我，占用了港中大社工系两年的招生指标，他们却没有让我花一分钱。

每念及此，我总是心怀感激。

正如歌词“得不到的永远在骚动”，香港于我，是一场始终没有做完的梦。

02

22岁那年夏天，我从广州毕业，搬到香港，租好了房子，买齐家居用品，布置妥当新屋，渴望开始我的硕士新生活，三个月后，我把所有行李打包，黯然离场。

因为不想回家，不愿面对父母失望的眼光，我在《读者》杂志社找了一份实习工作，在兰州，租住在一个菜市场楼上的宾馆单间里。

实习生有午餐，但没有工资，我拿着准备去香港生活的几千块钱，勉强活了下来。

宾馆条件简陋，年久失修，西北风大，有一天我回到宾馆，关窗，怎么也关不上，只能使劲地推拉、扭动。

突然，窗玻璃掉了下去，四层，玻璃破碎的声音震耳欲聋，平日那里有个炒面摊，一个西北阿姨每天来摆摊卖炒面。

如果她被玻璃砸中，铁定没命了。

我吓得僵坐在床上，既不敢看窗外是什么场景，也不敢去前台找老板安窗户，就那样在寒风中呆坐了一个小时。

我想，我还没有找到一份稳定的工作，还没有重返香港、顺利毕业、结婚生子，就要因为“过失杀人”去坐牢了……

正在胡思乱想间，有人敲响了我的门，我的手还一直在抖，打开门，老板说：“你在家啊！你这个玻璃坏掉了，我给你换一间房。”

走到楼下，老板娘正拿着一个扫把清扫掉落的玻璃渣，看见我，大声说：“还好今天卖炒面的阿姨没在，要不然可惨咯！”

没过多久，这栋老楼要拆迁，不能再租给我，我就回老家了。

那时，是我20多年的人生最低处，一切都黯淡无光，我灰头土脸，郁郁寡欢。

最困窘时，我想起作家海明威说：**“生活总是让我们遍体鳞伤，但到后来那些受伤的地方，一定会变成我们最强壮的地方。”**

03

后来，我阴差阳错去了北京，当了编辑，一干就是7年。

在这个行业里，我有幸接触过著作等身的作家、炙手可热的明星、家财万贯的企业家，也算做出了一些成绩，后来买房安家，又读了名校的研究生。但我始终觉得，北京不是我的归宿，我依然心怀渴望：我要去香港。

为此，我试过很多方案。

比如，重新申请香港中文大学的硕士研究生，却被要求必须拥有学士学位，哪怕我已经硕士毕业；比如，申请香港优才计划，为了拿“香港身份”在中介那里花去重金；比如，申请澳门大学的博士研究生，计划着将来“曲线救国”，赴港生活……

可惜，它们都没能使我如愿，求之不得，辗转反侧。

香港，在我无数次憧憬中，幻化成仙境般的存在。

终于在我30岁这一年，我带着妈妈，来到香港旅行。

我大失所望。

曾经在我心目中繁花似锦的街道，为什么那样拥挤和凌乱？

曾经如天堂般的想象，细看来，竟然是一户户鸽子笼一样狭小逼仄的住宅？

而地铁站因为修建得早，远没有北京、上海的地铁那样明亮宽敞，直梯竟要步行10多分钟，从站外乘坐……

我和我妈拿着大包小包的行李，不巧赶上了地铁晚高峰，那是香港地铁最大的中转站，不同线路的上班族在此地交汇、换乘。

只见他们排成无数条一字长队，从东西南北各个方向有条不紊地汇入，再分流，每个人都面无表情地往前走，整个地铁站仿佛一个巨大的流水线工厂，每一条传送带上，都运载着面目模糊的行人，再把他们送往不同的目的地。

第二天早晨，我们去吃一家本地早茶，店员听到我们不讲粤语，很不耐烦，转身偷偷跟同事说“又是大陆来的”，我虽然不会讲，但能听懂，很不舒服。

点餐时，店员用蹩脚的普通话和我们对话，态度暗含不屑。

其实，他们有变化吗？香港有变化吗？

没有。

有些香港人一向如此，把不会讲粤语的人称作“北姑”，排外、歧视，我在大学时去香港做交换生，早已领教过，并不是如今才知道。

香港寸土寸金，租房、买房不论“平方米”，而论“平方尺”，当年我在香港与人合租，租在靠近口岸的郊区，40平方米的家除了厨房、浴室，其余空间被隔成两间卧室、一间客厅，说是客厅其实就是过道，一个女孩就住在过道里，拉上帘子就是一个“家”，她晚上不让我们冲厕所，说冲厕所会吵醒她。所以我们尽量不起夜，否则就要等到早晨才能冲水。

次卧住着另一个女生，只有6平方米，放一张床，她如果要写作业，就只能支一个床上小书桌，在床上写。

我所在的主卧不到10平方米，没有书桌，床居然是硬板上下铺，原本应该再入住一人，但我觉得实在是太挤了，就一人独住，房租5000人民币，已算奢侈之极。

后来我去“北漂”，合租住在8平方米小卧室，但是有书桌，有单人床，房租才两三千，我简直感激涕零。

因为吃过更大的苦，所以生活的一点点甜就会让人很幸福。

04

我在香港待了一周，无论如何不想再回到那里生活。

近两年有一个词很流行，叫“祛魅”，意思是对科学、知识、他人的神秘性、神圣性、魅惑力的消解。

年轻时尽早对世界祛魅，可以让我们更加真实、全面地看待世界，不必被其表面的魅力所迷惑。

我从前那样迷恋香港，如今再看，它也不过是一个普通的城市，甚至稍显没落，如果我可以更早地对它祛魅，或许可以在北京好好生活，减少不必要的时间、金钱投入。

20岁时，我对意大利有深厚的滤镜，因为它是文艺复兴的发源地，在我心目中是当之无愧的文学艺术圣地，这里还诞生了我最喜欢的《托斯卡纳艳阳下》。

毕业第三年，我攒了一点钱，第一个目的地就是意大利。

一下飞机，我就丢了钱包；在青旅又遇见两个贼，蹑手蹑脚地翻我的行李箱；在地铁里，还有人偷偷拉开了我的背包，所幸里面没有装现金，只是偷包人碰到了我的保温杯锁扣，漏了一包水。

去五渔村的火车上，遇见一个好心的中国人，他说车门外站着至少五个小偷。

终于到了罗马，我亲眼看到一个中国阿姨，被两个吉卜赛打扮的女人偷了手机，好在她发现及时，小偷还没来得及收起手机，她先生就大声地朝她们要了回来。

我25岁，站在艺术之都，心里满是恐慌和怀疑，只想尽快逃离。

后来我来到纽约，这个被誉为“全世界最繁华的城市”，地铁站里恶臭难忍，到处是随地大小便的人……

这些经历教会我，没有任何人和事物是完美的，而学会祛魅，能帮助我们更加真实地看待自己和他人，在面对外界诱惑时，保持独立和清醒。

人生建议：尽早对世界祛魅，不盲目崇拜，不人云亦云，认清世界的真相，但依然热爱生活。

第二章

共赴一场春天的花事

家住苍烟落照间，丝毫尘事不相关。

——宋·陆游《鹧鸪天》

我家住在烟雾缭绕、夕阳余晖照射的地方，完全不关心尘世俗事。

一个人行走的范围，就是TA的全世界

01

真正的旅行，不是为了流浪，而是为了回家。

我18岁在广州读书，听完小鹏的那场讲座，我就出发了，第一个周边城市，是珠海。

我最好的朋友王书有个发小，在中山大学读书，中大有广州、珠海两个校区，有校车可以连接两城，于是我们起个大早，乘校车来到珠海。

珠海是一个温柔了岁月的城市，如一位娴静的女子，清雅婉丽。

她有一种静谧，不似广州忙碌匆匆，是宠辱不惊的淡定从容，她与世无争，宁静自持，孑然独立。

海是珠海的眸。

这片海澄澈而深邃，仿佛写满曲曲折折的故事，又被轻轻上锁，锁起那些年的波澜，留一段云淡风轻，浅吟低唱。

行走海滩，任海风吹乱我的发，亦吹乱我的心，任海浪打湿我的鞋，亦打湿我的梦。

在珠海，不必劳心，不必奔忙，自有一种从容的飘逸。

我允许自己两耳不闻窗外事，无关风月，无关荣辱，无关世俗。

俯身，拾得缺了一角的海螺，幻想里面写着《海的女儿》的童话；看小螃蟹霸道地横行，对我这样一个庞然大物熟视无睹；坐在沙滩上，让细沙钻进鞋子，带它游历世界；拾起小石子，斜身打一串水花，画一段童年故乡小河边的弧线。

日月贝是一定要去的。

日月贝建筑是珠海大剧院，全球唯一的海岛歌剧院，外形是两个贝壳，通体白色；小贝高60米，是音乐厅，里面设有550座；大贝高90米，为歌剧厅，内设1550座。

两贝内部都是珍珠造型，寓意“珠生于贝，贝生于海”，暗合“珠海”二字，诗意盎然。

每年的2月22日22点22分22秒，小贝还有光影秀表演，它拥有全球最大的弧幕投影，投影面积超过6000平方米，曾荣获中国建设工程鲁班奖、中国土木工程詹天佑奖等。

在旅途中，心是如此自由，自由到忘记时间，我可以冷却这个世界的喧嚣，也可以让这个世界忘却我。

我像一个孩子一样喜悦，喜悦那片海，喜悦珠海的声息，喜悦我的生命。

珠海，是一座太温柔的城，温柔了岁月，柔软了记忆。

02

从珠海离开没多久，我和王书又来到深圳，与另一位在深圳大学读书的朋友相聚。

初遇深圳，鳞次栉比的高楼大厦像这个城市精致的妆容，富丽堂皇。

那是2012年，我的家乡还没有修好地铁，深圳速度已使这座南方城市高度发达，处处都是“时间就是金钱，效率就是生命”的标语，整座城市那样年轻、滚烫、热气腾腾。

漫步深圳大学，弥天盖地的绿似是北国小城的森林公园，奔跑的猫咪连贯成生动的图画，让我想起《爱丽丝梦游仙境》里，那只老猫，一吹胡子，坏坏地一笑：“跟我来。”

两只肥猫懒懒地卧在横木上，却在我迂回到它们身后，掏相机的一霎，华丽转身，镜头感很强，惹人怜爱。

路人甲乙皆妆容美美，窈窕绰约，穿搭考究。

我想，这大约是深圳人的生活态度吧，无论何时，都要过有品质的精致生活，财富的积累自然带来拔群的审美与品位。

椰子鸡火锅是一定要吃的。

据传，火锅界有一个冷知识：海南椰子鸡火锅的诞生地，是深圳，具体来说，是深圳罗湖文锦渡。

新鲜椰子水，熬煮滑嫩的文昌鸡块，搭配响铃卷、马蹄、竹荪，还未动筷，一锅鲜汤早已令人垂涎。

把沙姜末、蒜末、香菜碎拌入生抽，轻轻搅拌，挤入几滴小青柠汁，咸、酸、辣三味中和，一碟独特的蘸酱就制成了。

椰子鸡熬煮不可太久，15分钟必得捞出，否则鸡块就失去了嫩滑口感，搭配蘸酱食用，是我走南闯北这么多年，无论何时都会怀念的深圳味道。

因此，只要我在深圳停留，不论是转机、出差，都会忙里偷闲去吃一锅椰子鸡。

03

深圳世界之窗云集了世界各地的微缩景观，1994年建好开园，与我同岁，在我20岁那年6月，恰逢世界之窗20周年庆，邀请全国所有1994年出生的年轻人免费游览。

于是我风尘仆仆地赶到，细细欣赏。我很欣喜，它把全天下都云集于此——埃及的金字塔、美国的自由女神像、法国的埃菲尔铁塔……虽然它们都被等比例缩小，与真身无法比拟，因此受人诟病，但它给我在经济尚未独立时，打开了一扇窗，点燃了我对整个世界的好奇。

10年后，我来到真正的埃及金字塔、巴黎铁塔、自由女神像面前时，我依然感激20岁的自己，拥有梦想与热忱。

我建议，经济条件有限的年轻人，可以去看看深圳的世界之窗、北京的世界公园，因为**财富的增长不能一蹴而就，除非生在罗马，大多数的我们终此一生，都在去往罗马的路上。**

但人生的许多目的地，只有想去，才有可能抵达。

见过，是想去的第一步，哪怕只是见过一个微缩的赝品。

对年少的我而言，深圳，惊艳了时光，灼灼其华。

04

与广州的初次见面，时值8月天，酷暑，桑拿天，汗水细细密密地把衣服缝在身体上，黏腻，潮湿，无处可逃。

恰逢某种颜色的高温预警，我却在落脚时，便爱上了这座城。

我始终相信，爱是一场命中注定的禅意，陌生的远方总会有风景。

听不懂的粤语，常年不败的鲜花，被我的北方同学戏称为“鸟语花香”。

我看城市，仅凭直觉，相信一眼万年的际遇与尘缘，花城广州，是我一见钟情的城市。

快节奏的生活、地铁站里风起云涌的人海、炎炎似火的骄阳，这些不那么可爱的元素，在我眼中却连缀成羊城最美的名片，使我流连、钟情、魂牵。

抽一个周末，爬白云山，品喧嚣生活中的一缕宁静，潺潺溪流，穿花拂叶，忙碌生活的匆匆一瞥，足以静心。

在黄花岗七十二烈士墓园，欣赏遒劲有力的“自由不死”；在烈士陵园，抚摸林觉民字字泣血的《与妻书》。

陈家祠陈列着橄榄雕刻的工艺品，让我追忆起当年初中时代的课文《核舟记》："佛印绝类弥勒，袒胸露乳，矫首昂视，神情与苏、黄不属。"

美食购物一条街——上下九，更是学生仔常常光顾之地，我那时总结了一张《上下九美食地图》，发在QQ空间，还收获了几百条转发。

顺记冰室的双皮奶要加榴莲和红豆，陈添记的鱼皮要配着艇仔粥才好喝，宝华面店的面条并不好吃，云吞却是真的惊艳，萝卜牛杂就选街边小推车里的准没错。如果你在夏天来到广州，一定要尝一杯凉茶店里的招牌凉茶，巨苦，苦到怀疑人生，但可以"祛湿气"。

我认识的广州人，一生都在祛湿气、祛热气……

这样热爱美食的我，来广州读书，就像掉进米缸的米奇，后来回到北方，总是怀念早茶，怀念粤菜，怀念那些广州记忆。

后来，我再回广州出差，却发现我最喜欢吃的陶陶居已经闭店了，重新开张后，为了防疫，再也没有阿婆用手推车，推着一道道点心游走售卖了。

当时，为了能拦住推车的阿婆，吃到好吃的点心，我专门学了两句粤语：唔该、喱度有乜嘢（麻烦问一下，这里有什么）。

因为好吃，所以我迅速“叛变”，且认他乡作故乡。

05

小时候喜欢听电台，听一个低沉的男声说：“一个惊艳了时光，一个温柔了岁月。”

在广东的那些年，深圳惊艳了时光，珠海温柔了岁月，而我，在回到广州时，才感到难以言喻的亲切。

旅行，使我离开这里，归家时却发现，它给予了我最深沉、最温暖的归属感。

只有离开，才懂怀念，才有家的概念。

广州有我栖身的一隅，有我的家，尽管比珠海忙碌喧嚣，却多出一份奋斗的充实感与存在感；尽管不如深圳那般富丽惊艳，却平添一份平易的人间烟火气。

在这里，我活着，我热爱，我打拼，挤BRT（快速公交车）大汗淋漓，在海心沙与人群摩肩接踵，但我爱这里，爱这里的车水马龙，爱这里的熙熙攘攘。

长期的停留会定格生活的边界，使我们活得越来越狭隘和局限，思想也趋于停滞。

只有旅行，才能让思想流动起来，放牧灵魂，让世界更宽广，人生更厚重。

当你踏遍千山万水，蓦然回首，家永远在那。

天堂太远，人间正好。广州，是我的人间，我的家，我的归宿。

我会继续行走，但我永远不会忘记归家的路。

一直以为自己是潇洒的女子，有人说："一个行走的人，家就在旅行箱里，随时离开，随时留下。"

终于明白，旅行，从来就不是为了流浪，而是为了回家，为了找到归宿。

永远不要失去发芽的心情

01

灯火忧伤，思念嚣张。

我喜欢写字，却少有主动给人写字的习惯。

我的文字总是内指，指向我的心，因此私密而不愿为人所见。

有生以来，郑重其事地提笔写信，一次是和深爱的男孩分手，一次是写给家庭变故的好友的妹妹。

如果有一天，你收到了我亲笔写的一封信，或是一张明信片，说明你在我心里，是很珍视的一个人。

丽江的人说，慢是一种幸福。

不疾不徐，才能写出漂亮的字。

回首向来，从前的我，总是太慌张。

但成熟，却是一种不张皇的闲适。

寂寂阳光，落落华年，彼年豆蔻，于深深浅浅的文字间，邂逅街角被放慢的慵懒时光。

写字的人，不习惯疾行。

爱那么长，未及遗忘。

写字，是我对抗时间与遗忘的良方。

02

昨夜未眠。

2012年8月20日，乘坐南下的飞机，记忆齿轮旋转，直至今日，深深懂得何谓故土，何谓思乡，别离、漂泊、流浪，独自面对长夜漆黑，午夜梦回。

离开之前，总是向往自由，向往离家，向往陌生的远方，天真地以为，不熟悉的地方，就有风景。

飞机着陆的一瞬，新生活开始。

我知道，回不去了。

再也回不到童年的百草园、青春的象牙塔，回不到永远有香喷喷的饭菜、热腾腾的洗澡水、暖乎乎的被窝的那个家了。

临别，我拥抱爸爸，潸然泪下。

望着他们离去的背影，一点一点变小，我真希望楼梯长一点，再长一点；我可以看得远一点，再远一点。

18年，陪着我18年的人啊，就这样无可奈何地消失在我的视线里。

此去经年，一别半载。

度过漫长的青春期，总惹爸妈生气，他们总说为我好，“等你懂事了，就能明白。”

我明白得太晚，像一场持久战。

他们让我自立、坚持、吃苦、无私，用近乎残忍的方式。后来我才发现，这些都是最宝贵的品质，尽管我没能完全拥有，但哪怕只拥有一点，也能超越平庸。

从小，父母要求我看书，我起初不爱看书，没有哪个小孩天然就喜欢读书吧。

想看电视，想和小朋友玩耍，不想坐在书桌前，读艰深难懂的世界名著。

于是，父母带我去书店，让我选择自己喜欢的，我挑的第一本书，是一本儿童文学，叫《小香咕和飘来的舞会皇后》。

因为是自己选择的，回家后，我迫不及待地开始阅读，在书里看到了另一个奇幻世界。

自那之后，我就爱上读书了。

其实在我三年级时，父母就教会了我一个道理：**当你拥有选择权时，你会过得比较快乐。**

03

上了大学，我发现很多年轻人都没有阅读习惯，哪怕是“211”高校里的文科生。

读书在高考之后，就变成一件自我驱动的事，可很多人即便去图书馆，也只是为了复习考试，少有“读闲书”的心情。

但我知道，读书曾带给过我什么。

在我坐井观天时，书籍让我看到头顶的四角天空之外，还有更广阔的天地；在我感到忧伤、孤独时，书籍宽慰我“古来圣贤皆寂寞”；在我遭遇不幸，觉得熬不下去时，书籍总能给我一处避难所，供我的身心安放、疗伤。

近年，因为头部主播董宇辉直播间的推荐，一本名为《额尔古纳河右岸》的小说，畅销600万册。

这本书是我五年级时看的，迟子建写道：“我是雨和雪的老熟人了，我有九十岁了。雨雪看老了我，我也把它们给看老了。”

日头偏西，我坐在小床上，边看边流泪。

往后多年，我逢人就推荐这本书，可它一直没有火出圈，当它终于走向更大的世界时，我非常感动。

我想，一部优秀的作品能被更多人看到，是时代之幸。

当我看到同学们的书桌上只有课本和八卦杂志时，当我看到大家的休息日只能追剧和逛街时，我深深地感激我的父母，感激他们培养了我读书的习惯，让我永远拥有文学，这个不会抛弃我的伙伴。

小时候，总羡慕别人的家庭，觉得自己物质生活不够好，没有一线城市的家，不是富二代、官二代，不可以在商场里随心所欲地购物。

有一句名言：“人最大的问题，在于读书太少而想得太多。”

于是我读了更多的书，愈发忏悔自己当年的愚昧。

授人以鱼，不如授人以渔。给孩子优越的物质条件，远不如教给孩子赚钱的本领。

年过而立，当初我羡慕过的、家境优渥的小伙伴，仍在老家过着一览无余的生活——逛商场，买名牌，吃西餐。

而我依靠自己，土里刨食，沙里掘金，在陌生的城市立足，完成了环游世界的梦想。

尽管辛苦，却依然想要拥有滚烫的人生。

04

许多父母永远不会知道，孩子有多么渴望，成为他们的骄傲。

我曾经那么努力，无非是想让自己变得优秀，让他们可以自豪地说："这是我闺女。"

可我总是不够好，一次次让他们失望，中考失利，高考失利，几多心酸，几多愧疚。

深恨自己不够闪耀，不能成为父母的谈资，他们含辛茹苦，我却未能开出成功的花，只有更加努力，让明天的自己更完美、更出色，才能不负众望。

正如NBA球员肖恩·利文斯顿所说：**"我努力奔跑，只是为了追上曾经被寄予厚望的自己。"**

外地女孩在广州生活不易，自然环境天差地别，生活习惯迥异，语言又不通。

我的广东室友全部是娇小、瘦削体型，但她们每餐饭量都是我的1.5倍，并且每天都要吃宵夜。

假如我和她们吃得一样多，我的体重会以惊人的速度飙升。

原来，生长在相隔千里的两地，人类消化系统的进化程度也颇有差别。

我中学时皮肤很好，来到岭南，炎热潮湿，满脸过敏性皮炎，让我在最爱美的年纪备受打击。

上课时，若遇到普通话不好的老师，几乎整堂课下来都是晕头转向，不知所云。

这也锻炼了我一个技能，后来我去全中国的任何一个城市，不管对方的普通话多么“塑料”，我都能轻松拿捏。

尽管异乡求学的生活困难重重，我却从未向父母抱怨。

那时倔强，我对他们说：“我不光要活下去，还要活得好。请你们相信，离开家，我也可以足够强大，坚强独立，顶天立地。”

小熊被猎枪打伤，如果独自在山洞疗伤，它会顽强地活下去；但如果有人抚慰，它的疼痛会无限放大，甚至危及生命。

一直很喜欢这个故事，与你们分享。

我一个人，也可以走很远的路。

05

我上高中时，成绩很好，一直是年级第一名。

高三时，历史老师想要在班里搞“改革”，把我们年级成绩好的尖子生，大约20人，单独组成一个班，冲击清华北大。

我们年级本来有三个文科班，总共100人，按理说每班差不多30人。

但是因为1班是实验班，2、3班是普通班，家长都想让孩子进实验班，纷纷找关系、走后门把孩子塞进1班。

最终，3班15人，2班20人，1班65人。

我在1班。这个建制连教室都不够大了，每排座位都非常拥挤，坐在后排的同学根本听不清老师讲课。

学生多了，自然就不好管理，理科班的人说，1班一到自习课就成了菜市场。

在这种情况下，历史老师想要改革，倒也无可非议。

没想到，一听要分班，班里排名靠后的人，生怕被挤出实验班，强烈抵制，甚至组织了“游行”，利用自习课在校长办公室门口示威，拒绝分班。

口号是：“我们1班人要同生共死，谁也不能把我们分开。”

不爱学习的人，生怕爱学习的人离开自己，要求我们共进退。

那天的自习课，“菜市场”终于安静，我珍惜宝贵的自习时间，没有参加游行，为此备受排挤。

其实，他们都是家庭条件优渥的人。高考后，我们班一半的人出国留学，三分之一的人走艺考，进了戏剧学院、电影学院、美术学院，他们根本不必在乎所谓的“实验班”，而我们这些只能鏖战高考的人想分班，还被当成“叛徒”和“罪人”。

我们那时不懂，是我们，没有资格和他们共进退。

于是，轰轰烈烈的分班改革被迫搁浅。我印象最深的是，高考前几个月，每晚的自习课都喊声震天，有人在玩三国杀，有人在看电影，有人在打扑克。我坐在教室角落，戴着耳机也没法安静复习。

班主任冲进教室，怒其不争，说他们“自毁前程”，但老师前脚刚走，教室就又炸开锅。

他们中的很多人，根本不必参加高考，世界的大门早已向他们敞开，但他们却回过头，把我们这些拿高考当成唯一出路的人，死死拦在门内，逼着我们和他们共进退。

他们没有自毁前程，因为他们的前程，不在一张试卷上。

那时，我的老师对我说："在非洲大草原上，有羊群，有狮子，羊每天都和自己的伙伴安逸地群居在一起，而狮子永远独行。但狮子，才是草原的王。梦霁，在我眼里，你是草原上的狮子，你的未来很远大，不要被一时的、不好的声音困住。"

我很庆幸，在我的人生路上，永远有恩师，他们为我指点迷津，扶我上马，再送一程。

王小波说：**"如果我会发光，就不必害怕黑暗。如果我自己是那么美好，那么一切恐惧就可以烟消云散。"**

06

这么多年，历经桑田，初心未变。

尽管我没有实现梦想，但我有我的坚持。

高考之后，我没有去到真正想去的地方，不是我选择了这所学校，我只是“被选择”。但只有在现有环境里，拼了命努力，才有可能在下一次选择中，重新拥有选择权，而不是再次沦为“被选择”。

罗翔老师说：**“请你务必要一而再、再而三、千千万万次、毫不犹豫地救自己于这世间水火之中。”**

人生就像爬一座座山，有时心向险峰，无奈却坠落丘陵，但如果不在小丘陵上努力登顶，就永远攀不上下一座险峰。而有太多人，在跌落丘陵时，自暴自弃，默默认命，一生都待在丘陵。

我不希望等到将来垂垂老矣，只能感叹一句：“我本来有机会，登上险峰。”

在每一次能选择的时候，选择所爱，在每一次被选择的时候，咬牙前行。

那时，我喜欢的小说是《悟空传》：**“若天压我，劈开那天，若地拘我，踏碎那地，我等生来自由身，谁敢高高在上。”**

07

爸爸妈妈，请你们一定要保重身体。

太原的冬天不比广州，多穿一点，爸爸已不及当年，一条单裤难以过冬，之前提过一句“左手经常感到酸麻”，及时医治，不要硬撑。

妈妈体弱，常年偏头痛，多休息，保持好心情。

我不在家，你们终于能解放了，生活也不会像从前高三时那么紧张、忙碌。

爸爸不在家的时候，妈妈也不要懒得做饭啊，书上说，人首先要照顾好的，就是自己的胃。

我一走，空出一间屋子，爷爷奶奶也能接过来过冬了。

奶奶是真的老了，我打电话给她，她总是听不懂我讲什么。爷爷以前少言寡语，现在每次通话都会讲很多，关心我的点点滴滴，饮食起居。

姥姥姥爷孩子多，与我不甚亲厚，我从小到大总共都没有见过他们十面吧，我鲜少关心他们，很惭愧。我网购了两双棉拖鞋，寄给你们，你们带回老家，送给姥姥姥爷吧。

现在网购很方便，我们年轻人都不去服装城、百货大楼了，都在网上买东西。

伯伯的胃溃疡有没有好一点儿，你们多走走亲戚，各家的孩子都在外边，你们互相走动，就都没那么孤单。

表姐快生宝宝了吧，快去翻翻我的卧室抽屉，看看有没有什么玩具可以送给小朋友，我的那套绘本可以贡献，不过小孩长大到能看懂绘本，是不是还要好几年？

就说这么多吧，宿舍要熄灯了。

南方没有暖气的冬天，真的太冷了，但我最近在看林清玄的散文，里面说："我对自己说，跨过去，**春天不远了，永远不要失去发芽的心情。**"

春天不远了，我会努力成长，努力发芽，让所有爱我的人，和我爱的人，都放心。

不懂事的女儿，远方顿首

于2013.1.25凌晨

不要温柔地走进那良夜

01

如果丽江是心灵栖居的地方，那么玉龙雪山便是一场灵魂的飞翔。

《圣经》中说："我们祈祷，只要信，就必得。"

纳西人说："我们所有的祈望，神灵都听得见。"

个中深意，若合一契。

在纳西族，相恋的青年男女如若得不到双方家长的祝福，便会相约走进玉龙雪山。他们说，他们不是殉情，而是去第三国度。

是怎样的力量让他们从容地面对死亡，微笑着走向下一场轮回的沧桑？

在那苍茫的云霭深处，苍凉的暮雪彼岸，是否有着爱情的流岚？

在那里，有歌声，有自由，有雪莲。

这是人类最原始的童年气质，最靠近神明，也最接近人心。

一场为了爱情的殉葬，一曲离歌，两行清泪。

02

当我再度仰望玉龙雪山，虔诚揖拜时，我霎时感到灵魂的疼痛。

行走于万丈红尘，心麻木，泪已尽。

我们已然太久不会感动，不会落泪。

为了追逐一己私利、蜗角微名，追逐所谓一席之地，我们忽略了魂灵的感触，对人格的出卖，对尊严的践踏，都可以漠视。

然而，唯有于此，面对无边无垠的白，一袭素净的雪山，我才会升腾起一股敬意。

敬重雪山，也尊重我自己。

俗世的打拼钻营，习惯了奔波奔命，我已疲惫不堪，索然无味。

此刻，我只想借山而居，茕茕孑立，倾听雪山的呼吸。

钢筋水泥浇铸的物欲都市，个人空间愈发狭窄，无论物质空间抑或精神居所，都已无处藏身。

舞台只有那么大，却引得无数人想要跻身其中。

于是裁掉锋芒，裁掉灵魂，泯灭个性。

作家桐华评论今何在的《悟空传》时说："曾经，我们都是那样无法无天的猴子，但命运最终都会让我们戴上紧箍，拈花而笑时，也许还能从眉目中看到那只蹦蹦跳跳的猴子。"

我们被驯化得越来越乖巧，越来越雷同，不敢抬头，不敢出声。

英国诗人狄兰·托马斯写过一首诗：

怒吼吧，怒吼，即使生命之火即将熄灭，

尽管智者的言词，不如雷电轰轰烈烈，

尽管深知，归于黑暗是不变的法则，

但是，请不要温柔地走进那良夜！

人人都走的路，就一定是对的吗？

在辽阔的雪域高原，卸下伪装的面具，把自己归还给自己，不必汲汲钻营，不必曲意逢迎。

于是我明白，我的灵魂就是我的舞台、我的天堂。

荒草蔓延的城市，芜杂遮了我的眼，蒙了我的心。

纬度变了，阳光来了，灵魂睡醒了。

人心变得很纯净，逃离金钱、权力为原点的血腥社会，我望到了天边的第三国度。

我不要温柔地走进那良夜，不要麻木，不要妥协，不要随波逐流。

03

一路跋涉，过尽千帆，许多原本相信的，走着走着便不再相信。

比如神话，比如爱情。

谓之成长，谓之成熟。

在海拔4000多米的雪山，我祈盼拥有纯粹、圣洁、无暇的生命，淡泊宁静，与世无争，此生便是一场美丽的梦。

至于爱情，遇上就遇上，遇不上就这样。

我知道，神明听得见。

回归人类最初的童年气质，其实是为心灵找寻归宿。

往后余生，或许我一个人走，更浪漫些。

越不过的从来不是山，是你数不清的执念

当蜘蛛网无情地查封了我的炉台

当灰烬的余烟叹息着贫困的悲哀

我依然固执地，铺平失望的灰烬

用美丽的雪花写下：相信未来

当我的紫葡萄化为深秋的露水

当我的鲜花依偎在别人的情怀

我依然固执地，用凝霜的枯藤

在凄凉的大地上写下：相信未来

大一时，我们思想道德基础与法律修养课的老师，带我们全班来到广州起义烈士陵园，和大多数同学一样，我原本也是参加秋游的心态，没想到，却看到一个令人震撼和唏嘘的故事。

“我绝不过那种依靠男人过活的日子，我要去改变这个社会，改变这个不合理的世道。”

一进门，这句话就闯入我的眼帘，破折号后面是一个我从未听过的名字，游曦。

一样的短发，一样年方18，我在象牙塔，一心只读圣贤书，她在硝烟纷飞的时代，不爱红装爱武装。

拜谒烈士陵园，我触摸到她的相片，因着某种与生俱来的英雄情结，我虔诚地阅读了她的故事。

01 生如夏花

游曦的童年让我想起食指的诗："当蜘蛛网无情地查封了我的炉台，当灰烬的余烟叹息着贫困的悲哀，我依然固执地，铺平失望的灰烬，用美丽的雪花写下：相信未来。"

家徒四壁，一贫如洗，父亲给人帮工织布，养不活一家人，母亲帮人缝缝洗洗，补贴家用。

母亲生了六个孩子，死了四个，仅留下哥哥和她。

哥哥从小进丝厂当童工，一家人艰难度日。

清贫潦倒中，游曦长大成人。

"修身、齐家、治国、平天下。"天下，始终在这个女孩的心里，花木兰、梁红玉、穆桂英，都是她的偶像，她们都是独当一面的女性，为父、为夫、为百姓撑起了一片天。

一个弱女子，不爱对镜贴花黄，不谈小情小爱，而是心怀苍生黎民，她要让这个世界，因她的存在而改变。

02　铿锵玫瑰

游曦进入军校，把名字改成了游牺——为了信仰，哪怕牺牲，也义无反顾。

时逢蒋介石、汪精卫叛变革命，四处捉拿杀害共产党，“宁可错杀一千，不要漏掉一个。”

军校停办，老师动员女生回家暂避一时，游牺却坚决留守，与几十名女生编成女子连，跟随叶剑英，翻山越岭来到广州。

1927年10月，共产党广州省委决定起义，游牺任起义军女兵班班长，这是当时的起义军中，仅有的一个女兵班。

12月11日，起义打响。

12月12日，敌人疯狂进攻，主力部队已撤，女兵班与大部队失去联系，死守长堤一街。

最终弹尽粮绝，全部壮烈牺牲。

“敌人为了泄愤，把游牺的衣服全部剥光，身体也被肢解成许多块，陈放在天字码头示众。”

阅至此语，我的心狠狠一痛。

敌人何等残忍歹毒，泯灭人性，竟对一个不满20岁的花季女子下此毒手。

她那么年轻，在本应盛放的年华过早凋零，留给世间一座悲冢与无尽哀思。

生命，价值几何？

是苟活一世，还是展翅高飞？是默默无闻，如同死去般活着，还是生如夏花，灿烂地盛放？是做一棵杂草，任人踩在脚下，还是做一株参天大树，永远高昂挺拔？

03　爱是晨曦

在这短暂如流星的生命里，爱像晨曦，划破长夜漫漫。

彼年花季少女，游牺就读于重庆第二女子师范学校，萧楚女是她的老师。

游牺爱文及人，经由萧楚女指引参加革命，二人结为革命情侣。

在战火纷飞的年头，在处处深寒的时光里，因为相爱，所以温暖，所以坚定，所以勇敢。

然而，噩耗传来，1927年4月，萧楚女被敌人秘密杀害，尸体被无情地投入珠江。

此时，身处黄埔军校的游牺悲痛万分，立誓要为恋人雪恨。

8个月后，她与敌人殊死搏斗，最终阵亡，受尽凌辱，被投入珠江。

在平行世界，多希望他们可以重逢。

重逢在盛世，做一对简单的情侣，没有山河破碎，没有国恨家仇，只有一蔬一饭，三餐四季，岁月无恙。

04　戎马生涯

我想到我的爷爷，他1933年生，13岁参军，15岁提干，16岁加入中国共产党，参加过无数场战斗——三大战役、渡江战役、抗美援朝、越南抗法战争、西南剿匪、中印边境自卫反击战……

爷爷戎马一生，惊心动魄，屡立奇功。

小时候，我问爷爷："爷爷，你为什么15岁就能当干部？15岁还是一个小孩儿呢。"

爷爷说："因为我会指挥士兵打仗呀。"

我又问："那你指挥打的仗，有没有输过？"

爷爷笑了："输了就死掉了，当然不能输。"

于是我对爷爷崇拜极了，他熟读兵书，为人淡泊，有很多很多的智慧。

在战争年代，他能九死一生地活下来，在动荡时期，他又能平稳过渡，安享晚年。

居庙堂之高则忧其民，处江湖之远则忧其君。

我只遗憾，没能多在爷爷身边生活几年，把他的智慧与洞察传承下来。

这盛世来之不易，是他们这一代的军人，在枪林弹雨里建立的，这条和平之路，亦是无数生命和鲜血铺就的。

爷爷有许多枚军功章，年轻时是云南大学军事教授，老来是县城里为数不多的离休干部。

但我想起他，除了这沉甸甸的荣誉，还有他半夜做噩梦时的呼喊……

我不知道，穿过惨烈血腥的战场，这位年迈老人的内心，是否饱受“战后创伤应激障碍”的困扰。

05 不能原谅

爷爷在2021年国庆节，永远地离开了我，我写过一篇文章，叫《我想做那个在你葬礼上描述你一生的人》。

我没有见到他最后一面，那年的中秋节和国庆节假期挨在一起，中秋节时，爷爷已经住了院，但我们单位为了防疫，不让员工离开北京，我听话地留守在家，到国庆节时，爷爷就咽了气。

一年后，我从那个单位辞了职。

回头想想，只是一份工作而已，即便有“辞退警告”又如何？因为怕丢工作，怕被领导责骂，我错过了最后与爷爷相见的机会。

最后见到爷爷，他已经躺在水晶棺里一动不动了。

我不能原谅自己。

在过去30年的人生里，我闯过很多祸，爱错很多人，但我从不后悔，从不回头，也从不希望我的人生能重新来过。

唯独没有见到爷爷最后一面，我想要人生重来。

我对那个单位产生的巨大敌意，乃至后来对整个职场产生的无比厌倦，或许都是因为，在爷爷离世的这件事上，我无法原谅自己。

越不过的从来不是山，是我数不清的执念。

近来，我常梦到爷爷，梦里我在医院陪床，跟隔壁床的小女孩聊得热火朝天，爷爷在我身后静悄悄地咽了气。

醒来，我哭湿了枕巾。

人生真的好残忍，即便在梦里，我也没有陪他走完最后一程。

嘿，我的经济适用男

01

“你不会相信，嫁给我明天有多幸福……”推开KTV包房的门，老吴正动情地唱着《K歌之王》。说实话，唱得真不赖。

老吴，那是极品好男人一枚。

读书那会儿，三好学生，优秀干部，团干标兵，全归他，我是连边儿都沾不着的。

中考是区状元，高考，以全省第三名的成绩，奔清华去了。

钢琴十级选手，校庆的时候，“人五人六”地往台上一站，一曲终了惊艳四座，身边那些姑娘花痴的眼神，真是令人难忘。

且不说其他，单凭他会做饭这一条，在独生子女一代里，就能出类拔萃了。

02

我和老吴是发小，青梅竹马一起长大。

听人说，男女之间不存在纯友谊，那可大错特错，我和老吴就是“血淋淋的事实”，绝对的纯友谊，比纯金还纯。

我对老吴呢，就是觉得他人品极好，我理科天生“脑残”，总能把数理化学得鸡飞狗跳。

中考前那阵儿，老吴每天给我讲物理题和理科学习方法，不辞劳苦。

本来说好一起考重点，结果我特不争气地考了个二流中学。我倒也没多难过，本就没什么宏图大志。倒是老吴，痛心疾首，如丧……我还是闭嘴吧。

后来新生军训，虽然我们不在同一个学校，但老吴每天给我发短信，叮嘱我盖好被子、多喝水、点蚊香、搽防晒……

暗无天日的军训，他的短信成了我每天最大的期待，不对，应该说是我们全寝室姑娘的期待。

姐妹们鸡一嘴鸭一嘴地给我出主意，这么好的男人，还不赶紧拿下！现在想想，真是一群“妖孽”。

“可是我并不喜欢他啊。”我撇撇嘴。

“那是因为你们认识太多太多年了，你习惯了他的存在，错把爱情当寻常，假如他现在突然有女朋友了，不理你了，你难受不？”

“有文化啊姐妹，当时只道是寻常啊。”我打了个岔试图蒙混过关。

没想到姐妹们并不买账，不由分说地拿起我的手机，给老吴发过去一条短信，告白。

事已至此，我也只能挑战一下老吴的心理承受能力了，不过我倒也挺想看看他怎么回。

过了有那么三四天，我都给忘了这茬儿了，他回了一句：“不胜荣幸，继续努力。”

嘿，丫的！

03

再后来，我恋爱了，不是和老吴。

然后，分手了。

分分合合，反反复复，和老吴，渐行渐远。

听朋友说，老吴竞赛拿奖了，老吴保送了，老吴……只是从没听说他交女朋友。

不过，用脚趾头也能想到，像他这种壮志凌云的小伙儿，怎会为儿女情长所困。

逢年过节、我生日，老吴还是会发祝福短信给我。

我发现，他开始写诗了，明明是理工男，竟也变得才华横溢，真替他高兴。

而我，快乐少了，忧郁多了，在一段无疾而终的关系里，遍体鳞伤，疲惫不堪。

一晃，三年过去。

高考，我再度失利，我一直想学语言，目标院校是北京的一所语言学校，倒也不是“985”“211”高校，往常过了一本线就能上。

我这人特别善于放过自己，总是会选择一条容易一点儿的人生道路。

可没想到，我们这一年报这所学校的人特多，分数线竟超出我们省内一本线30多分。

于是，我的志愿就从北向南直线坠落，最后竟被一所远在海口的学校录取了。

老吴打电话约我吃饭，是散伙饭了吧，我心想。

往后他在北京，我在海南，云树遥隔。

早晨，睡眼惺忪地拿起手机，一看，立马机灵了，今儿不是七夕吗！

“老吴同学，怎么这么赶巧儿啊？今儿情人节！”

“那是那是，学生证带上，准能打折。”真是勤俭持家的好男生，用时髦的词儿来说，是经济适用男。

从南城逛到北城，终于给我淘到一双物美价廉、称心如意的玛丽珍鞋，都是老吴的功劳。

我很好奇，他好像熟知每家店的位置、款式、价位，只等带我去试穿。

多年以后，他告诉我，因为我随口说了要买双鞋，他就提前把所有鞋店都踩好了点，确保我能“不重不漏”地去每一家店，挑到最合宜的鞋。

活该人家上清华。

04

中午，我们去吃烤肉。

那是我第一次吃自助烤肉，毕竟上学的时候总是很忙，哪有空在外边吃饭，还得自己动手做饭的啊？

要论做饭，那属实是老吴的舒适区了。

三下五除二，一桌生肉就变成滋滋冒油、惹人垂涎的人间美味，甚至还把香菇和腊肠煎了，炒了一碗米饭。

“喏，你最爱吃的腊肠炒饭。”他端给我，热气腾腾间，我简直要感动得两眼泪花了。

我一边吃饭，一边唾沫横飞地给他讲述我“悲催”的恋情史。

他听完，意味深长地望着我：“大学四年，你打算恋爱吗？”

“那不好说哦，你觉得呢？”

“一定会有很多男孩子追你。”

“那倒是。”在自恋这件事上，我一向无人能出其右。

“我从来没谈过女朋友，你记得吗，你曾经给我发过一条短信。”

我一时语塞，这厮怎么哪壶不开提哪壶啊！我得火速保持镇静。

他继续说：“我过了好几天才回复，其实当时我也想和你在一起。可是……我怕结局是两败俱伤。现在，咱们天南地北，你知道我为什么今天约你吗？”

“绝望了。”七夕是牛郎织女一年一度的见面，其余时间都是“盈盈一水间，脉脉不得语”。

“不，还有机会。四年以后，我们一起去美国读研，你语言那么好，我知道你一直想去美国生活。”

“这算是约定吗？”我看向他。

“我只是说有机会。四年里，也许你会遇到更好的男生，正如《非诚勿扰》里面，秦奋说，谁也不敢给永远打包票，尽管他特别喜欢梁笑笑。”

“你特别喜欢我啊？”

看着老吴又尴尬、又无语、又窘迫的表情，我就特想笑。

他深呼吸，看定我的眼眸，“咱俩认识十多年了，我看着你从一个黄毛丫头长到亭亭玉立，小时候我就跟我妈说，我将来要娶这个女孩当老婆，我妈说，你知道啥叫老婆吗！”

“哈哈哈哈！”想到他儿时的童言无忌，我开怀大笑。

“我今年19岁，成年了，但我依然觉得，这辈子如果能娶到你做妻子，我就知足了。”他认真地说。

现在，轮到我又尴尬、又无语、又窘迫了。

05

走出烤肉店，迎面走来一个卖花的小姑娘：“哥哥，给你的女朋友买束玫瑰吧！9块钱，愿你们长长久久。”

我还没来得及否认，他已经买好了。

“拿着吧，知道你最爱玫瑰花。”他笑着看我。

“老吴，你智商高、情商高、有风度、又善良，会有不少女孩喜欢你呢，这样让我很没安全感啊。”

“那这样呢？”他牵起我的手。

为什么我心里有一种欢喜在悄悄蔓延？

或许男女之间还真没有纯友谊，又或许不经意间，我也已经喜欢上他了。

不然，我不会在室友拿我手机，向他表白后不做解释，也不会每周末兴高采烈地，去找他给我补习物理，不会关心他的一切，更不会总是跟我妈提起他。

“对了，我妈很喜欢你呢。”我妈对我的青春期可谓严防死守，防火防盗防早恋，唯独喜欢老吴。

一上初中，我妈就给我下过通牒：“严禁早恋，除非对象是老吴，我不拦着。”

“好久没见过你妈妈了，开学之前得去拜访一趟阿姨。”老吴微笑着说。

说到我妈，我心里暗叫不好，小城不大，万一在街上撞见出来过七夕的爸妈怎么办？

可是，要放开他的手吗？

不行！生命诚可贵，爱情价更高！

瞧我这话说的，哪儿跟哪儿啊。

嘿，我的经济适用男！

第三章

稳住内核，在宇宙间不易被风吹散

茶一碗，酒一尊，熙熙天地一闲人。

——宋·王柏《夜宿赤松梅师房》

一碗清茶，一樽醇酒，在这熙熙攘攘的天地间，我如同一个悠闲自在的人。

谁在改变潮水的方向

——看影片《汉娜·阿伦特》

后面这篇文章写于2012年，我高考前夕。

那时，我还未满18周岁，一个青春期的女孩子，不写小情小爱，满心都是“治国平天下”。

后来我高考失利，语文单科，作文满分60分，我只得了不到30分，人生忽而下坠。

一手好牌被收走，命运在我成年那天重新洗牌。

但人生真的太长了，得失亦不在一时一地、一城一池。

12年后，在应试教育里惨惨栽倒，高考作文考不到一半分数的我，竟也成了中国作家协会的一员。

总有人生在罗马，但对于没有福祉享受命运馈赠的你，只要你坚持走下去，不迟疑、不动摇、不放弃地走下去，走你心里那条正确而非容易的路，罗马，总会抵达。

01 谁在改变潮水的方向

“砰”，一声枪响，剧终。

电影《浪潮》的落幕，我仿佛听到遥远的召唤：“正常的人并不知道，一切事物都是可能发生的。”戴维·罗塞特此言，像某种咒语，一语成谶。

万家灯火时，看这部影片，心里风起云涌。

短短一周时间，模拟希特勒统治的课堂，当真走上了独裁道路，一个个自由散漫、灵魂孤独的学生组成“浪潮”，为之狂热，无条件服从、绝对忠诚于这个乌托邦式的团体。当“浪潮”宣告终结，最为激进的学生失去精神寄托，饮弹自尽。

震惊、疑惑、悲凉，我百感交集。

如此强大到荒唐的力量，从何而来？

是领袖的个人魅力，抑或是多数人的渴望群居？

若干年前，希特勒慷慨陈词：“强者的独裁便成为最强者！”

纳粹高喊：“我的忠诚是我的光荣！”

是谁，改变了潮水的方向？

02 流言与秘密警察

我最喜欢女作家是汉娜·阿伦特，她和我一样，对“二战”关切并困惑，思索并呐喊。

1859年出版的《物种起源》带来的不仅仅是洛阳纸贵。

宣传者巧妙利用大众心理，或曰人性的两面性，在宣传中既应用科学主义，又辅以蜚短流长，使理论无懈可击。

“优胜劣汰、适者生存”的思想被希特勒移花接木，一时间“消灭犹太劣等民族是历史趋势”之说甚嚣尘上。

比科学更诱人的，是流言。

它填补了真实世界的空白，尽管夸大、扭曲，却击中了某些痛处。

于是，纳粹虚构出“犹太世界阴谋论”，这般捕风捉影、危言耸听，却在日后给犹太民族烙上了永难愈合的伤痕。

绝对权力只有在“日方中方睨，物方生方死”的绝对运动中才能存在，从其机构和组织形式可见一斑，领袖为了垄断权力，复制出无数国际机构，将权力中心如流水般不断转移，造成表面权力与实际权力的分离，避免某部门大权独揽。

然而，众多机构中，“秘密警察”似乎与众不同，其价值标准与价值衡量渗透了整个社会结构，也因此拥有绝对高的地位。

他们的职责是消灭“客观敌人”，而谁是“敌人”，完全取决于希特勒的意志。

03　暴民、精英、群众

历史唯物主义认为，人民群众是历史的主体，暴民却崇拜希特勒。

他们的人性里有恶与罪，“在我们这个时代，作恶有一种病态而诱人的力量。”

作为资产阶级最底层的暴民，他们渴望权力，渴望叫嚣着进入历史。

精英厌恶资本主义制度下的虚伪，在虚构的历史中，深感尊严体无完肤。现存的社会秩序建立在劳动者的屈辱之上，屈辱比苦难深重。

卑微、悲哀、无望，精英宁可相信荒诞的原则，揭开虚伪，表达欲望，冷眼旁观着暴民毁灭体面的社会。

暴民和精英的短暂联合，为希特勒的独裁推波助澜。

群众，是对公共事务无动于衷，对政治问题漠不关心的大多数人。

希特勒时代，1929年的经济危机与刚刚结束的“一战”，无疑加速了社会阶级的崩溃。

个人化、分子化的群众大量涌现。

私人空间的支离破碎，社会关系纽带的日渐松散，使人成为孤立的个体。

通货膨胀带来的失业与对政府的普遍不满，加上失根、多余、被社会抛弃的感觉，让孤立转化为孤独。

他们渴望同质化，渴望一个群居的集体来认证身份，唯此在世界上才能拥有一个位置。

有组织的孤独是反社会、反人类的，因为他们要报复这个世界。

暴民、精英、群众，因某种同志情谊而结成“命运共同体”，一场巨大的毁灭正向全人类袭来，将文明推向万劫不复。

04　摧毁个性与恐怖手段

可是，纵然希特勒的机制天衣无缝，我依然诧异，为何成千上万的犹太人如同沉默的羔羊，排队走向毒气室而不做反抗，未曾想过与党卫军同归于尽?

在德国，纳粹取消犹太人的法律人格，摧毁他们的道德人格，切断集中营与外界的全部联系，将其彻底清除，不留雪泥鸿爪。

良知与殉道，在此变得毫无意义，命如草芥，灵魂安在?

更为可怕的，是击碎每个人的个体性。

所有犹太人被赤条条地装进运牛车，载往集中营，一律剃头，统一“营服”，把仅存的尊严、个性戕杀殆尽。

麻木、绝望、心如枯井，犹太人都成为行尸走肉、人面傀儡，不会反抗，只做反应。

奥斯维辛、萨克森豪森，这些令人胆寒的集中营；人皮灯罩、人皮手套、人油点灯……如此惨绝人寰的手段。

“人类对待人类的残暴造成了数千次的哀悼。”肉体的摧残、灵魂的凌侮，不单是犹太人的“民族酷刑”，更是对全人类良心、理性、尊严的挑战。

整个二战中，大约580万犹太人被杀死，是整个欧洲犹太人人口的三分之二。

鲜为人知的是，除了犹太人，纳粹还系统性大规模屠杀欧洲的吉卜赛人、同性恋者、盟军战俘和其他被占领国家的异见人士，甚至德国人中的大量性格孤僻者、精神病痴呆患者、先天性残疾人员也被以送去疗养院治病的借口，大量骗走屠杀，以保持雅利安人种群基因的绝对优良。

董乐山先生说，“二战”前后，个人完全成为庞大官僚主义化社会中的自动化机器，尤为可怕的是，人性堕落已至没有是非善恶之分的程度。

05 人生是一场逃亡

我试着去理解阿伦特，人生于她，是一场逃亡，一场流浪。

因为犹太人的身份，她不被授予教授学术资格；纳粹大搜捕时，她从德国逃往法国，却又遭驱逐；她披露“犹太委员会”曾为纳粹提供犹太人名单，于是成为犹太社会的弃儿。

她踏上诞生《独立宣言》的国度，当她在自由女神像下苦思冥想时，断然预想不到，日后会承受“麦卡锡主义”的迫害。

这个犹太女子柔弱的双肩，背负了满世的苦难。

我深信她爱犹太人，但她更爱真理。

她凝视，沉思，探索，为的是不让这伤痕累累的历史重新来过。

传闻爱因斯坦签署《反战宣言》后，在普鲁士会议厅里，他身旁的两把椅子总是空着，无人愿与他为伍。

他们都是孤独的鹰，翼下是风暴，翼上是晴空。

阿伦特的文字，感性多于理性，有一定的唯心主义色彩，但她也提供了一种以人心、人性来分析历史的新视角，暗合人文主义对科学主义的反思。

至于学界对她“文字凌乱、论证无条理、误把表象当实质、带有明显个人倾向”等批判，也与她的个人经历和时代背景有关。

每个人都只能站在自己的局限里观察世界的一角，或是凿壁偷光，或是坐井观天，今人观之，去粗取精，扬弃即可。

劫后余生，她的心伤痕累累。

作为女性，她没有囿于厨房与爱，在无边暗夜，感知真理与人性，犹如黑暗时代的一道启明。

鲁迅先生说：“夜正长，路也正长。”

成为真正独立的女性，路还很长，你我都在路上。

陪伴是最长情的告白

——看影片《桃姐》

01

又是一度辞旧迎新，窗外烟花璀璨，琉璃光盏，万家灯火，可热闹是属于旁人的。

孤零零的风扇吱吱呀呀地转，摇椅上坐着一个神志不清的老爷爷，屋外鞭炮齐鸣锣鼓喧天，衬托着桃姐的孤单。

长长的电话线系着望穿秋水的思念，那端是大洋彼岸欢声笑语的少爷，这边是敬老院里形影相吊的桃姐，她在电话这端说："我们这里很热闹啊！有腊肠蒸鸡食，最好的就是你够牙力，留下卡卡猫陪我。"

影片《桃姐》的这个片段，言语之间，满心凄然。

桃姐用一辈子的年华和心血，服侍梁家老少四代，殚精竭虑。

作为管家，她知道哪里能买到最物美价廉的菜，她做的牛舌好吃得天下无双，她打扫的屋子永远一尘不染，她知道罗杰少爷只吃活的海鱼……桃姐终生未嫁，尽心侍主。

终于有一天，桃姐老了，再也做不动了，她极力要求少爷将她送入养老院。

养老院里，有的老人神志已经模糊，有的生活不能自理，一辈子干净的桃姐，面对脏乱差的新环境，一时难以适应。

但她不愿麻烦公务繁忙的少爷，总是说："我很好，我很好。”

桃姐是幸运的，因为梁家上下都对她心怀感恩，少爷视她为“干妈”，常来养老院看望她，陪她做康复运动，带她出席自己主演的电影首映礼，领她回家。

后来，桃姐病情恶化，少爷朝夕相伴，直至桃姐走完此生。

相依相偎多年的桃姐就这样走了，像一阵温暖而不易觉察的风，少爷换回一身工人制服，面色平静，走入香港宁谧的夜色中。

温情脉脉的主仆深情，催人泪下。

在北大百年讲堂的首映式上，主演秦海璐说：“每个人身边都有一个桃姐。也许是你的母亲，是抚养你长大的亲戚，是一位年长的邻居，是一个服侍过的老妈子，是挚友闺密，也可能是总在菜市场遇见的颤巍巍的老太太。她没什么文化，不懂社交礼仪，只知怎么做牛舌好吃，去哪里买菜便宜；她不过问你的事业，不懂鉴赏与品位，只会觉得你最棒，永远为你骄傲和自豪；她絮絮叨叨，拒绝你破费，很容易满足，待人宽容善良；她执拗倔强，顽固不改……你熟知她的缺点，最可爱也最真实。”

02

的确，每个人生命中都有一个桃姐。

我的桃姐，是我的奶奶。

我断奶后就被送回奶奶家，童年的记忆都浸在奶奶家的一方小院里，远离喧嚣。

奶奶精心照料我的饮食起居，日复一日，年复一年。

每天半夜，奶奶要起身好几次，喂我喝奶粉，一整个冬天都穿着厚毛衣和衣而卧，没有睡过一天囫囵觉。

奶奶自己省吃俭用，却给我买最高级的“小洋人”饮料和好看的布娃娃。

奶奶是小学老师，教我识字、算数、吹口琴、打腰鼓，带我看病、吃药、打疫苗，在奶奶的精心呵护下，小小的我一点一点长大。

朝朝暮暮，奶奶看着我在身高表上一点点增高，我也看着奶奶一天天苍老。

后来，我到了读书的年纪，离开奶奶的小院，来到父母身边的省城，应有尽有，满目繁华，只是没有了我的童年，我的小院、我的奶奶。

走时，我对奶奶说，“奶奶，我不能陪你睡觉了，你把布娃娃放在枕头边，让布娃娃陪你吧。”

刚离开小院的那些日子，我总做梦，梦见我还躺在奶奶家的大木床上，一睁开眼就是奶奶粗糙却搽了雪花膏的、香扑扑的大手，抚摸我的头发。

03

再后来，我离开父母，只身一人异乡求学。

五千里之外，故乡只存在于天气预报和一年两度的假日里。

过年回家，和奶奶团聚，蓦然发现，奶奶是真的老了。

做饭的时候总是放多了盐，经常在屋里转来转去，却想不起来要拿什么东西，反复絮叨着同一件事，刚刚说过的话又记不起来。

花花绿绿的药片、林林总总的仪器，似乎都在提醒着我，某种不可抗拒的自然法则，正在悄然走近，而我，无能为力。

我在社会学的课堂学习“死亡”，一个无从预知、不可阻挡的命题。

没有人可以逃离生死轮回，人法地，地法天，天法道，道法自然。

生死都是自然规律，人力无可变更违背。

我们畏惧死亡，更多是源于未知，不知死后是怎样的景象与世界，因而心生恐惧。

小时候，我对死亡没有概念，只知道亲人死后就再也无法见面、说话了，于是我很怕奶奶突然死掉，有时候夜里想到、梦到就会哭，醒来枕巾都是湿的。

那时最大的噩梦，就是梦见奶奶死了。

我看过一本小书《油纸伞》，作者从小和奶奶一起生活。

她写道："十岁以前我和奶奶生活在小镇，父母在外地上班，一年或几年才来看我一次。我觉得他们有点像冬天的雪，好久好久才来一次，又薄薄的一层，不等享尽它的美妙就化了——自然，那时我无法理解'雪'的无奈。"

每一个留守儿童，大约都能感同身受——父母好久好久才来一次，像盼了又盼的雪，不等享尽它的美妙就化了。

后来，作者的奶奶在一场特大洪水中去世，在生命的最后一刻，把她放在木盆里推了出去，并交给她一柄油纸伞，她顺着水流活了下来。

那柄油纸伞是爷爷奶奶的定情信物，它仿佛有灵性，“保佑”奶奶从日本鬼子手里死里逃生，又“保佑”她从百年难遇的洪灾中绝处逢生。

在文章的结尾，作者写道：“那柄记忆里的油纸伞朝着奶奶、爷爷，朝着我的童年，朝着南方那缀满油纸伞的美丽的小镇悠悠地飘去，但我总也看得见它——不论它飘多远，飘到何处，我总也看得见它。我想，这一生一世它也飘不出我的视线了。”

20年过去，我总记得那本小书，记得作者对奶奶深深的依恋。

奶奶只有小学文化，但喜欢看书，知道我很害怕她离开我，就对我说："死生有命，生死时日都有定数，不要怕，活着的时候要好好活。"

看淡死亡的人，才最珍惜活着。

因为每一天都活得尽情尽兴，所以无论哪天离去都没有遗憾。

在影片《桃姐》中，桃姐最终放弃治疗，选择死亡，也是对生命的尊重。

04

人类无力抗衡自然法则，只能在年迈的亲人日薄西山之际，给予他们最好的情感，让他们纵是到了另一个世界，也带着一些温暖。

而最好的情感，是陪伴。

"老人不图儿女为家做多大贡献，一辈子不容易，就图个团团圆圆。”

有多少老人，像《桃姐》中的某个老阿婆，在养老院待了几十年，养老院的老板都更换好几任，她依然在，从来没人看望她。

曾看过一段感人至深的话。

当你还很小的时候，父母花了很多时间，教你用勺子、筷子吃东西，教你穿衣服、系鞋带、系扣子，教你洗脸、梳头发，教你做人的道理。

当他们有一天开始变老时，当他们想不起来或接不上话时，请不要怪罪他们；当他们开始忘记系扣子、绑鞋带时，当他们开始在吃饭时弄脏衣服，梳头时手不停颤抖，请不要催促他们。

因为你在慢慢长大，他们却在慢慢变老。如果有一天，当他们站也站不稳、走也走不动时，请

你紧紧握住他们的手，陪着他们慢慢走，就像当年他们牵着你一样。

深情不如久伴，我们都会有老去的一天，那就在我们还年轻时，别让家中的老人苦等一个电话和一次团圆饭。

世事无常，死神随时可能光顾，而我们能做的，只有陪着他们，牵着他们的手，走完剩下的路，就像我们儿时，他们牵着我们一样。

生命中的桃姐啊，快牵起我的手，剩下的路，请让我，陪你走完。

世界人来人往，你要自救自渡

——看影片《放牛班的春天》

01

我读大学时，专业是社会工作，有一堂课的结课作业，是看一部电影，《放牛班的春天》。

在南方冬季更深人静的夜晚，看孩子们悠扬地唱诗，轻轻浅浅，爱意暖暖，心也被濡湿了。

一个冷雨夜，两位白发苍苍的老人，翻阅尘封的日记簿，抚摸一段旧时光，开启一段直抵人心的往事……

才高运蹇的马修老师，历经无数求职失败的痛楚，来到“池塘之底”辅育院。

庭院深深，在萧索凄清的院落中，有凶神恶煞般的校长、仁慈却饱受戏弄的神父兼管理员、冷漠而残忍的代课老师，还有一群极其调皮捣蛋的“恶魔”青少年。

“我深信即将面临最悲惨的未来。”马修悲叹。

其中一个小小的孩子，心心念念地等待星期六，在他的梦里，星期六，父亲就会接他回家。他是多么渴望逃离，逃离这个魔窟。这里的一切，冰冷，阴暗，无情。

初进“池塘之底”，马修被那群顽劣的孩子折磨得精疲力竭。

然而，尽管受尽学生的捉弄与嘲讽，马修却用极大的爱与宽容来善待他们、保护他们，使其免受校长残酷的惩罚；他让学生在纸条上，写下自己未来的职业设想，因为每一个梦想都值得尊敬。

“难道他们真的无药可救？”午夜梦回，马修自问。

“永远别说永远，凡事都有可能。”他组建唱诗班，感化每一个学生，让“池塘之底”充满童真、朝气与温情，用爱心盛开出一季春天。

《放牛班的春天》是一个关于爱的故事，爱是夜空中的星，能让每一个荒疏的灵魂，拥有透明的心灵和会流泪的眼睛。

福楼拜说：**“人的一生中，最光辉的一天并非功成名就的那天，而是从悲叹和绝望中产生对人生的挑战，以勇敢迈向意志的那天。”**

马修老师带领孩子们，走出绝望，走出“池底”，用生命影响生命，给予心底冰冷的孩子们一片春暖花开。

世界人来人往，唯有自救自渡。

02

而我学的专业，社会工作，就是一个助人、渡人的理想主义专业，每一个社会工作者都是有信仰的人，相信人性本善，相信世间美好，相信未来，信仰社会公平正义。

正如影片所言："凡事都有可能。"马修老师相信孩子们的天性，相信善良永在，相信爱是命运的主宰。

"一个社会，若只有认同现实、不知批判反思的单向度的人，就会存在极大的惰性，社会也将单调无味。"

而社会工作者的理念，是相信每个人都是世界的结点，都有尊严、有价值、有意义，这是我的大学课堂教会我的，也是我热爱这个专业的理由。

它让我在很年轻的时候，学会了接纳、尊重多元价值观，秉持非批判的思维态度。

它使我建立了完整的价值观，受益终生，而不只是教会我知识点，在期末考试之后就全还给老师。

赫拉克利特说：“不同产生和谐。”

在现实生活中，那些成绩不好、不乖的孩子都被贴上“坏孩子”“差生”“越轨”的标签，总会被人们另眼相看，但其实，他们只不过是与主流生活方式、思维方式有所不同，我们应当允许“异声”存在，并关心他们产生不同的原因。

毕业后，我做过一段时间中学生心理辅导工作。

我们常说，少年不识愁滋味，但其实现代中小学生，面临的压力不比成年人小。

据统计，我国每年有约10万的青少年死于自杀，有14%～20%的青少年在过去一年中出现过自杀的念头，而六成自杀的青少年患有抑郁症，少儿抑郁症的危害比成人更严重。

2021年5月10日，贺兰县公安局接到一则报警电话，令无数家长泪奔。

“阿姨，我压力太大了，想跳楼。”

“我最近被生活打败了，就快熬不下去了。”

说这句话的，是一位10岁的小男孩，此时他已坐在6楼家中的窗台，只想纵身而下。

这么小的孩子，为什么会有这样的想法？

本应无忧无虑的童年，为何过得如此辛苦？

10岁，小小的身体，小小的个头，还没有来到青春期，还没有上大学、谈恋爱、组建家庭，人生那么多美好尚未体验，蓓蕾未放就要凋零，他到底承受了怎样的压力？

在民警耐心的询问下，终于了解，原来小男孩的母亲经常对他发脾气，长期批评、责骂，让孩子精神压力过大，竟产生了轻生的想法。

只是因为妈妈的打骂，孩子甚至活不下去了，多么可悲！

父母永远不知道，自己会给孩子的内心留下多深的伤痕。

03

2019年4月17日晚上，上海卢浦大桥，一位母亲突然把车停在高架桥中间，不顾身边滚滚车流，下车训斥后排的孩子。

之后，她回到前排，孩子突然下车，穿过公路，纵身一跃，跳下高架桥。

这位母亲紧追其后，没有抓住孩子，留在高架桥边号啕大哭。

网友推测，这位母亲大约是说了难听话，孩子受不了，才跳了桥。真相我们无从得知，但孩子是那样脆弱，选择轻生甚至可能只是因为妈妈的一句话。

心理学家海因茨·科胡特说：**“一个功能良好的心理结构，最重要的来源是父母的人格，特别是他们以不带敌意的坚决和不含诱惑的深情去回应孩子需求的能力。”**

可惜，能做到回应孩子需求的父母、不带敌意的父母，不觉得“因为我是你爸妈，你必须听我的”的父母，少之又少！

父母给孩子创造了怎样的人格环境，孩子将来就容易长成怎样的人。

柴静说，人总要独立，从自己的共同体中剥离出来；但人也需要回归，找到自己最终的归属感。

倘若社会、学校、家庭都不能给予这些青少年以归属感，心智尚未完全成熟的他们，极有可能走向青少年犯罪、抑郁的深渊。

面对这些绝望的孩子，我们成年人应该做的，不是雪上加霜，而是尽可能地用温情、理解、接纳，给他们以归属感，用一些“小钩子”钩住他们，留住他们，让他们不要放弃这个人间。

04

证严法师有言：“做就对了。”

有人曾说，社工是世间最阳光的职业，因为他们扶危济困、助人自助，他们的所作所为，是为了让这个世界多一点阳光。

正如影片里的马修老师，他为了保护犯错的孩子们，挑战残忍冷酷的校长，他不是强权的执行者，而是孩子们的摆渡人。

故事的结局，“池塘之底”的孩子们站在典雅的礼堂，白衣飘飘，歌声袅袅，仿若一群天使在吟哦最美好的乐章。其实，每个孩子都是遗落人间的天使，只不过有些化了妆，才扮成了魔鬼的模样，马修老师用爱，让他们重回善良美好的本性。

“在莫翰奇专注的眼神里，我看懂了骄傲、被宽恕的喜悦，以及感恩。”

别离时，孩子们从高墙深处，扔下一张张写满“马修老师回头见”的纸飞机，我潸然泪下。他们懂得了爱，因为爱，是双向的。

马修老师说：“此刻，我心中充满喜悦与乐观。”

影片最后说道：“马修追求自己的事业，直到生命尽头。他从不刻意追名逐利，他的所作所为只有他自己知晓。”

不会只有他自己知晓的。

相信这些被爱温暖过的孩子，会走得很远很远，远过大海，远过山丘，直到旅途尽处，晚星将生。

对未来真正的慷慨，是把一切献给现在

——读《遇见未知的自己》

01

我喜欢旅行，北岛说："一个人行走的范围，就是他的世界。"

一直以为，旅行是找寻灵魂的牧场，而读书，是行走在字里行间的旅程，读万卷书、行万里路，都是为了找到真我。

路漫漫，吾将孜孜求索。

在心理学的课堂，曾学到“本我、自我、超我”——本我是欲望，自我是理智，超我是社会准则。

作家张德芬说：“我们内心深处，住着一个真我。我们行走，却与真我渐行渐远。”

邂逅《遇见未知的自己》，踏上一场追寻真我的旅途。

真我的特质即爱、喜悦、和平，却因着身体与外界的分离而虚幻脆弱。

寻找真我，便是寻找生命之源。

然而，这条道路荆棘遍布，重重阻隔仿若黑暗之门，我们只能用觉知之光，照亮它。

身体是一重门，跟你的身体对话，才能实现与真我的联结；情绪是一重门，臣服于自己的心情，认同、接纳，然后释放；思想是一重门，唯有定静与检视，可以让我们望见真我的微光；最后一重门是身份认同。

“人所有受苦的根源，来自不清楚自己是谁，盲目攀附、追求那些不能代表我们的东西。死亡真正来临时，会把所有不能代表真正的我们的东西席卷而空。而真正的你，是不会随时间甚至死亡而改变的。”当你觉察到真正的你时，这些身份认同便不那么重要。

看《阿凡达》的时候，倾心于潘多拉星球的生灵，它们是一群最接近生命本真的生灵，有着纤尘不染之心。它们说：“I see you.”我看见你，因为我看见你的心，那便是真我的存在，充盈着爱，喜悦，与和平。

02

“亲爱的，外面没有别人，所有外在事物都是你内在投射出来的结果。”

虽然汪峰是一个不太讨喜的明星，我却很喜欢他的歌。

“多少次荣耀却感觉屈辱，多少次狂喜却倍受痛楚。多少次幸福却心如刀绞，多少次灿烂却失魂落魄。”

内心的声音，其实与外界的臧否无关，只关乎自我觉察，所以面对荣耀会感觉屈辱，明明灿烂却失魂落魄。

你自己的体验，与外人无关。

王国维说：“以我观物，一切皆着我之色彩。”

花花世界里光怪陆离的幻象，不过是我们内心的投射——心清，则万物美好；心浊，则雾里看花，徒然花了自己的眼，只能“沧浪之水清，可以濯吾缨；沧浪之水浊，亦可濯吾足”。

“当你内心有深切、真诚的渴望，你身上会散发出某种能量的振动频率，然后全宇宙就会联合起来，帮助你达到想要的东西，这就是你的神。”德芬把它叫作能量，也有人把它叫作梦想。

认清自己的方向，全世界都会为你让路。

有梦想的人不迷茫，力量，在我们自己手中，当你选择开始的那一刻，未来已来。

正如加缪所说：**“对未来真正的慷慨，是把一切献给现在。”**

03

“谁知道我们该梦归何处，谁明白尊严已沦为何物？是否找个理由随波逐流，或是勇敢前行，挣脱牢笼，我该如何存在？”

人总得为自己的灵魂活着，为自己的真我活着。

追梦，便是一种存在的方式，保持一颗童心，无关宠辱，无关利禄，只是做我所想。

这是梦，是魂灵，是真我的能量。

宫崎骏的《千与千寻》带我们走入这样一个梦境，一个

10岁女孩寻觅真我的旅程。

起初，她只是个沉默念旧的小姑娘，她永远不知道自己拥有那样强大的能量，能够在陌生的鬼城里营救父母、拯救一个男孩的灵魂。

当她突破了身体、情绪、思想、身份的障碍，最终因为内心深处强烈、真切的渴望而梦想成真。

她，遇见了未知的自己。

每个人都有一个纯粹的真我，也许行走太久便失落了它。

别担心，走慢点。

等等它，倾听它，呼唤它，抚摸它，真我会回归你的身旁。

遇见未知的自己时，请不要忘记，对它说："亲爱的，你好。"

—

第四章

—

当悲伤开始，幸福就在倒计时

雨过天青驾小船，鱼在一边，酒在一边。

——元·张养浩《山坡羊·一个犁牛半块田》

雨过天晴，驾着小船去钓鱼，一边钓鱼一边喝酒，生活坦然自在。

人生缓缓，自有答案

有两样东西，人们越是长久地对之凝神思索，内心就越会充满常新而日增的惊奇和敬畏——头顶的星空和我心中的道德法则。

——康德

《允许一切发生》出版前，我没想过自己能拥有一部百万册畅销书。

有读者问我，为什么会在20多岁，正是人生大举奋进、相信人定胜天的年纪，生出“允许一切阴差阳错，允许一切事与愿违”的感悟？

我想大概是因为，我经历了一段非常灰暗、惨痛、唏嘘的人生。

但关关难过关关过，如今的我已经熬过去了，还因祸得福，成就了自己的代表作。

在这本《允许一切发生·哲思篇》里，我把那段人生原原本本地记录下来、剖白开来，不为泄私愤，不为求怜悯，只想告诉每一个读到此篇的你：**真正的强大不是对抗，而是允许和接纳，允许有人不喜欢你，允许有人利用你、暗算你、伤害你，允许真心换不来真心。**

当你学会，允许生命中一切无常发生后，你会变得更柔软，也更强大。

在《寒山问拾得》一篇中，诗僧寒山问禅师拾得：“世间有人谤我、欺我、辱我、笑我、轻我、贱我、恶我、骗我，如何处置乎？”

拾得回答：**“只是忍他、让他、由他、避他、耐他、敬他、不要理他，再待几年，你且看他。”**

在上一本书里，我说“允许一切发生”；在这一本书里，我说“人生缓缓，自有答案”。

01

曾经伤害过我的你：

好久不见，官司赢了。

确切地说，是“我们”赢了。

你父母在我们分开后，跟你一起演了一出“借名买房”的大戏，原告你父母，被告你我二人。

你父母状告我们，早在2015年买房时，在你干爹的见证下，他们与你签订过《借名买房协议书》。后来我们相恋，我把自己的全部储蓄，百万余元，悉数还了贷款，你给我加了名字。

然而，你父母说，你只是“借名买房”的傀儡，无权处置该房产，不应“无偿”赠予我，请求法院将房产判还给二老，点名要求我即刻过户。

一审，他们败诉，你我胜诉，房子仍属于我们。

他们不服，又诉到中院，二审，维持原判。

作为被告一，你在法庭上，大言不惭地对法官说：“我完全同意原告的全部请求。”

上阵父子兵，如此明晃晃、赤裸裸地设计陷害于我，法官难道不会觉得被冒犯吗？

匪夷所思。

古语有云，人为财死。今得一见，大开眼界。

败诉前夕，你父母致电我母亲，在电话里，依然是理直气壮地破口大骂。

相识三载，从聚到散，已数不清令堂对我、对我们家诸如此类“破口大骂”有过多少回。

可怜我老父母，年近花甲，家中独女飘零在外，还有祖母同住，年近90，三人年纪相加，已200多岁，还要面对你们的谩骂。

三位老人在家，亲故多在外地，你们威胁要上门，要让我名誉扫地，若我逃过法律的“制裁”，就用舆论搞臭我。

何来制裁？

清清楚楚百余万银行流水，由我转账到你名下，你当即还贷，如此清晰的证据链条，你们竟矢口否认。

声称这些钱，都是你父母给了我，我转给你，你再还贷。

众人疑惑：“你们与她关系甚好？”

连忙否认。

“那为何要将巨额钱款先交给她，再行还贷？”

哑口无言。

一纸《借名买房协议书》，明显是事后伪造，其中一句竟是：“依照当年的政策，我们采取借名买房的策略……”

律师质问：“若是当年签的，必然写‘依照今年的政策’或‘依照当前的政策’，何来‘当年’二字？”

鸦雀无声。

这样的官司竟也有律师代理，还是顶尖律所，大抵也是见钱眼开，倒是与之同道。

02

二度败诉后，你们深知无力回天，想逼我净身出户怕是不能。

你提出和解。

当初我想协商，老母亲坐卧铺，连夜从老家赶来北京，想见你一面，谈一谈。

谁知，你早已将一半产权属于我的房子换了锁，电话里假意答应我母亲，晚上见面聊聊，却一溜烟躲回你父母身边，拒不见面。

母亲身体不好，坐一夜绿皮火车，不得安眠，为见你一面，顶楼爬了两趟，竟是见不到你的尊容。

她是多喜欢你啊！

请你父母在我们老家最好的酒店吃饭、住宿，每次见面都给你备五位数的红包，从不嫌弃你有疾，还帮你在我们老家物色工作。若不是我们一直没空回去，他们早已准备好将老家的房产过户到你我名下……

她一直念叨："等我退了休，去陪你们住一段时间，给他宽宽心，什么抑郁症、焦虑症、强迫症，我都能给治好。"

她终于退休了，带了大包小包的家乡特产登门拜访，被屡次诓骗，拒之门外。

她是那样信心满满，深信你会和她见面，你知道吗，那天她本想告诉你的是：“我们不要房产，分文不要，都留给你们，让你父母撤诉吧，只要把女儿的私人物品归还就行，孩子，路还长呢，咱们各自珍重。”

她说，她是来“送礼”的，伸手不打笑脸人。

谁能想到，你母亲打来电话，开口便咒骂，恶语相向，可怜我母亲，20世纪80年代的大学生，一生都是与人为善的知识分子，说不出一句难听话，被劈头盖脸骂得手足无措，僵在原地，浑身颤抖。

从大学校园到报社单位，她是十佳青年、业务标兵、拥有高级职称的资深编辑，在退休前的55年，谈笑有鸿儒，往来无白丁，一向受人尊敬，没被人这样羞辱过。

我说：“你们欺负我妈妈，我今天必须叫开锁公司把这房门打开。”

你母亲在电话里，让警察拦我，警察说：“房本上有人家的名字，开锁不犯法，不能拦。”

你母亲却仍是咒骂不休。

即便你们如此欺人，我母亲仍是带走了我，不许我请开锁公司，只说“得饶人处且饶人”。

女儿不孝！

只因一时识人不明，却使母亲五次三番受人欺侮；祖母、父母三位老人本应含饴弄孙、颐养天年的年纪，却终日在家，担惊受怕……

女儿无能！

从庭下到庭上，我说：“有事冲我，不要骚扰我父母！”

奈何你们心知，我父母都是读书人，最要体面，心善口软，才一而再、再而三地欺辱至此。

辱人父母，怎可轻恕？

这房产，不争也得争了。

你们全家逼我净身出户，告我，败了还要再诉，我被迫请律师；扣留我的公司公章、营业执照、公司银行卡，我屡次索要无果，不知拿去做何用处，我被迫重办；连我单身时买的小房子，你们都不放过，将我的《房屋认购书》《退款协议》一并霸占。

在一起时，我的公积金、工资、奖金、稿费，凡我有的，我皆给你，你竟忍心让我净身出户。

我通宵达旦写稿子，点灯熬油挣来的一点稿费，到手的第一时间就打给你，你竟忘了。

所有这一切，你父母或许不知情，但你，与我共同经历、见证了这一切的你，也揣着明白装糊涂，伙同他们上演“借名买房”。

如果你把这个世界上所有的善意都忘记，那你的心疾怎能康复？

03

婚后，我胎停育，失去了一个孩子，流产手术当天，你急着去打球，随便找一个实习大夫给我开药，出了医疗事故。

我在手术床上，痛到死去活来、号哭得全医院都听到，术后醒来，我说太疼了，不敢再生育，你说：“我必须要有一个自己的孩子，你如果不能生，那我们没有以后。”

彼时，我尚在坐“小月子”，你屡屡扬言让我搬走，生怕我挡你另结新欢。

当我拿出全部积蓄，替你还贷后，你再次提出分开，我说：“好，只要你把我的钱还我。”你说：“我就算把这房子烧了，都不会还你钱。”

你和你母亲合谋，想趁房产加名之前，将我扫地出门。

你故意激怒我，在我离家出走后，你母亲发来的微信赫然在目：“快给她爸妈打电话，就说是她想分开，把我们撇干净，包袱甩给他们家。”

你没想到我又回家了，目睹了你们的秘密。

那天，是你第一次动手掐我，后来又有过几次。

你把我的手腕快掐断了，我都不知是何缘故。

你说：“我怕你把这条微信拍照，将来写到文章里，配图为证。”

既做得出，何怕见光？

但是你看，我没有配图，我历历在目。

从那天起，你所有聊天记录阅后即焚，随手删除，分外谨慎。

就在此时，你查出一系列精神疾病。

原本去医院，是因为你妈妈说我是精神病，想以我患病为由分开，是“甩包袱”的第二招。

于是我们来到医院，没想到，确诊的人是你。

若不是这诊断书从天而降，我或许早已被弃如敝履。

后来，我们真正分开，我妈妈问你："你当初那么想分开，为什么突然不提了呢？"

你说："因为我查出病，不好再找了。"

试问，当你确诊后，一次次陪同就医的，是谁？

你不想去看心理医生，我替你去，你懒得查资料，我替你求助我所有学医、学心理学的朋友，请她们帮你把关用药的剂量和配方……

如今分道扬镳，你亦是欢喜的，我只想要回属于我的财产，甚至可以少拿一点，多留一些给你治病，为何你们全家苦苦相逼，不单要做局陷害，迫我净身出户，还要没日没夜地辱骂我"骗婚"？

从前在一起，我怕你被裁员、被减薪，给你那么多钱还贷；又怕你找不到稳定的工作，每天帮你物色好考的编制岗位，给你联系我考研的辅导员、硕士的导师，想方设法助你考编、考研。你说，你父母都不曾这样善待过你。

去年，我给我爸妈发邮件，全家都在帮你想办法，看能不能在老家找到工作，住我娘家，一边养病。

后来，你被辞退，单位发了赔偿金，我说我一分都不要，你拿好，工作咱们再找，先养好身体。

若是“骗婚”，为何替你考虑？为何无条件信任你？为何不要你的钱？

这个男人早已劣迹斑斑，我却是拿着传统剧本的女性，父母劝和不劝离，我不忍让他们失望；知你原生家庭不幸，怜你长期与之共处，早在2011年、2015年已分别患病。

2019年，你曾被单位外派，在重庆出差的3个月，已看好了房子，准备落地生根，再也不回北京，可惜项目黄了，终又铩羽而归。

我相信，人无法选择自己的出身，但你内心仍有向善的种子，所以我总想再试试，再给彼此机会，看看有无幸福的可能。

沉没成本不断加大，人性底线越探越低。

小时候，数学老师说，代入的数字错了，怎么可能得出正确答案？

我数学一向不好，深情错付，虚掷青春，以为天长日久，就能以心换心。

可是有的人，本没有心。

04

有这样一则寓言。

禅师问：“若复印件上有错字，是改原稿，还是改复印件？”

弟子说：“当然是改原稿。”

寓言以此作比，父母是原稿，孩子是复印件，若孩子品行有瑕疵，多是父母的教育出了问题。

反其道而思之，父母品行不端，孩子这个“复印件”，有多大概率能出淤泥而不染?

闺密问我：“他上辈子是救过你的命吗，你要对他这么好？”

我说：“不知道上辈子是何情形，反正这辈子，他们全家，想要我的命。”

几番赤诚、一片冰心，所遇非人倒也罢了，竟还被攻击“骗婚”，当真是奇耻大辱。

即便你们“风刀霜剑严相逼”，我父母仍劝我“做人留一线”，在房产分割上，我最终同意和解，只拿回我还贷的钱的七成，而因诉讼、请律师、重办营业执照等所有损失，我亦一力承担。

一场孽缘，满身伤痕，两手空空。

若你父母赢了那场官司，你会不会支付一分钱给我？假如当初在医院确诊的人是我，你会不会陪我看病？

我的律师说："如果有一天我离婚了，肯定想多给我老婆一些钱，二婚女人很难的。"

我跟他说："所以你不会离。"

你对我，但凡动过一念恻隐、疼惜，就不至于走到劳燕分飞，你也不会长期忧郁，无法复健，更不会一次次举全家之力，把我告上法庭，誓要拼个鱼死网破。

但我心有慈悲，因为我总觉得你不容易。

以前在一起，给你钱，觉得你不容易；现在分开了，多让你一些钱，还是觉得你不容易。

就像你从前说的，出生在那样自私、冷漠、残忍的家庭里，却始终没有能力摆脱，你确实不易。

话不多说，我仁至义尽。

今生缘尽于此，祝君早日康复，早结良缘，早得贵子。

我一生磊落，坦坦荡荡，只可惜"井蛙不可语海，夏虫不可语冰"，且待人生缓缓，自有答案。

尾声

事情已经过去很久了，看着当初字字泣血的文章，依然会心疼当初的自己。

姑娘们，我写这件事，不为记录仇怨，倾泻痛楚，毕竟此生无法再从头，多说无益。

但我想让更多的女孩以我为鉴：选择伴侣，对于我们这短暂的人生来说，真的是相当重要的一件事，不该为“年纪到了”“别人都有伴了”而将就。每个人都有自己的时区和花期，有些事急不来，命里有时终须有。

擦亮眼睛，选对人，这需要许多智慧，也需要一点运气。

如果你尚且无法判断，那就给自己一点时间，真心和假意都会在漫长的时间长河里，剥离出赤裸的真相。

如果你已陷入绝望的亲密关系中，及时转身，比余生妥协，更负责任。

你永远是你幸福人生的第一责任人。

村上春树有句话：**“不必太纠结于当下，也不必太忧虑未来，当你经历过一些事情的时候，眼前的风景已经和从前不一样了。人生没有无用的经历，只有我们一直向前走，天总会亮的。”**

无论单身、已婚、离异、再婚，你都是美好的存在，值得一切幸福的可能，你要做的，是相信并且抓住它。

一直向前走吧！因为天，总会亮的。

有一个早晨，我扔掉了所有昨天

爸爸：

近来可好？

冬至一过，天就凉了，考试周迫近，每天在图书馆里奄奄一息地苟活，只剩归心似箭。

近来忙碌，双学位考试已延续两个礼拜，竟还有三科。

虽然我知道，妈妈让我学英语，一定会在将来受益，但是真的太苦了啊！

有门课叫《欧美文学赏析》，即便是中文，我都未必能看懂，全英课本、全英授课，真的太难太难了。更不必说我还有主修课程，只有每个周末和寒暑假才有时间修读。

临近期末，专业课接近尾声，去年拿了一个学校的二等奖学金，不知今年能否有所进步。

呕心沥血地写论文，动辄5000字，每天都在潜心研读文献，但我真的不想做学术。

即便我成绩很好，写文章不发愁，妈妈也希望我读研、读博，但我知道自己大概率是做不了科研的。

老师总说我写得不对，论文不需要文笔好，要论证，要严谨。

写作本是兴趣，要是必须按照固定的格式，写别人要求的东西，那我宁愿不写了。

每天都很忙，别人都说大学生活清闲，我始终处于奔命的状态，和高中时候区别不大，但是还能为了梦想和未来而努力，很充实，我也很欣赏这样的自己。

我不能休息，一旦停下，就无法起跑了，就会被惰性拉向慵懒和平庸。

我要向着平庸的反方向，奋力奔跑。

我带家教的小孩最近进步很大，英语能考及格了，语文还进了全班前十名，政治提高了30多分，我很高兴。

他明年中考，理科成绩很好，现在文科也有了起色，有希望上重点了。

一方面能帮到他，让他能读名校，另一方面我也能挣到钱，真是双赢的好事。

虽然挣钱不多，但能自给自足，报雅思的辅导班。

我下学期打算考一次雅思试试看，虽然大家都是大四，申请学校时才考，但我想防患于未然嘛，万一没考过，还有机会。

最近把我们学校图书馆的书都看完了，这图书馆实在太小。我要是在大学城校区就好了，那边的图书馆很大，不像本部，满打满算只有50个书架，其中还好些个字帖、菜谱。

现在再去图书馆，都只能看摄影集了。

不过我上周，去了广州图书馆，很大，足有8层，亮堂，书也很多，以后没课了我就去那看书。

柴静来广州做了一场讲座，我去听了，我很喜欢她，还买了她的《看见》，写得真好。

我还发现了广州的惠民健身房，周二到周五工作时间对市民免费开放，以后我就去那跑步。

广州好吃的太多了，我已经踩好点了，来年春天全家都过来旅游，我来安排你们的吃住行，具体细节等寒假我回家，再跟你们细说吧。

今年写了两万字的故事，也想明白一些事。

我应该多听听你们的建议，你们人生阅历丰富许多，也不会伤害我，能给我最好的方向。

离家一年半了，我还是没有独立行走的心性，看到室友有男朋友还是会顾影自怜，也会否定自我的价值。

其实我没必要让别人认可，不需一段感情来认证自己，我应该学会照顾自己、很爱自己，这样才有能力去爱家人和朋友。

只有真正内心强大的人，才有能力去爱别人，而非一味地索要爱。

现在我和他的相处状态让我很舒服，偶尔联系，没有羁绊。

他的环境比我优秀许多，能带给我不同的思路和更高的眼界，也总能激发我的斗志和上进心，像小时候一样。

不过，云树遥隔，当务之急，我都明白。

爱我，而我不爱的人不适合我，感动不足让一段关系长期发展；有过很长恋情史的人不适合我，被别人涂鸦过的人生，怎么看都是“莞莞类卿”；不思进取、自我，身边都是莺莺燕燕、采茶扑蝶的人，也和我不是同道中人。

我缺乏安全感又依赖心重，有太多不确定和怀疑心，以前又被他骗过，总是不敢相信一些事情。

但信任，不是我想不想相信，而是他值不值得。

尽管这个夏天以来，他对我一直很好，但我想还是应该再考察考察。

信任的摧毁容易，重建却很难。

希望有一天，我可以坦然地重新开始，坚定地说："有一个早晨，我扔掉了所有昨天。"

剩下的，交给时间。

祝安，

小女

我们迟早会幸福

01

我亲爱的老伴：

听人说，人永远不知道自己有多坚强，除非除了坚强，别无选择。

我无意间触摸到你的伤口，小小的你，为什么要经历那么多苦难，要有多少热情、勇气、宽容，才可以面对那些痛楚，笑着说“我很好”？

我想对你说，在我身边，你可以不必那么辛苦，你可以卸下强颜欢笑的伪装，不必在自己难过的时候，还要尽力地逗大家开心。你可以懦弱、宣泄、哭泣，请你做最真实的自己，我不会离开你、抛弃你、伤害你。

你是那样让人心疼，独自承受了原生家庭全部的伤痛，依然微笑，依然阳光，听我喋喋不休，为我出谋划策，陪我走街串巷。我的所谓苦闷，相比于你遭遇的那些，是那样不值一提。

我们认识三年了，今晚你才第一次讲起过去，我想我一定是你很信任的人吧，那些伤痛也一定是埋藏很深的疤。

尽管走过夜路，你却永远记得生活里的糖，当你说起外婆，“还好有外婆，她是那样爱我”，你笑着说，眼泪却止不住地坠落，我心疼你。

记得师姐说：“梦霁讲话，理性太多，总是少了点儿人情味。”

过往的经历教会我，不常动感情，就能少受伤，不付出真心，就不会被辜负。但我却在你的故事里，无法抑制地疼痛。

我想往后，我们彼此支撑，一起走下去，面对明天的风风雨雨，面对上苍给我们的苦难与爱怜，不离不弃。

老伴，会有一个很好很好的男孩成为你的王子，因为你值得。

未来，我们一定会过上自己喜欢的人生，只要信，就必得。

我们配得起任何美好，我们迟早会幸福。

相信我，我疼你。

老伴：霁

02

复我的老伴：

我之前说过，我觉得自己很幸运，好朋友都非常优秀。

你是那样优秀，像闪着光一样出现在我生命里。

我对好朋友的定义是狭隘的，真正意义上的好友，仅有四个。

她们也非常优秀，像你一样，全身都发光，是我生命里的sunshine（阳光）。

我其实不知道，说起我的这些家事，会让你有这样难过的感受，真的很抱歉。

我不难受，我已经习惯了。

真的，我对生活的要求不高：父母双全，三餐能继，四肢康健。

我原来不知道，巨蟹座的孩子原来这么可爱，这么催泪，看见你的信，我瞬间泪崩。

人家说，老伴老伴，老来作伴。

我不知道，能否陪你到老，可是，即便以后的很多年，我无法陪在你身边，我的心也与你同在。我也始终，会站在你这边，就为了你的那一句“我疼你”。

中学的时候看《梦里花落知多少》，喜欢里面的那句话：“朋友总是为你挡风遮雨，如果你在很远的地方承受风霜，而我无能为力，我也会祈祷，让那些风雨降临到我的身上。”

高中时的英语课，老师曾让我翻译过一篇文章，关于天使。译完之后老师问我：“你知道为什么让你来翻译吗？”我迷茫地摇头。英语老师说了一句非常动听的话，直到现在我都深深记得，她说：“因为在我心中，你就是天使。”

那时我想的是：“我才不是天使呢，我的外婆，我的好朋友们，她们才是。”

如果我真的是天使，那也是你们教会我的。

你说，为什么我要经历那么多苦难。其实我一点都不觉得苦，因为我遇见了很好的朋友，你们把我的泪光变成阳光，所以当泪水流下来的时候都觉得幸福非常。

没人懂才寂寞，我以后都不怕了，因为你懂我。

“世上最难之事莫过有一人温柔相待”，这句话我一直深信。所以，谢谢你，不管你是闪耀的大女主，还是优秀的女作家，在我心里你都只是我的老伴。

以后，你想要一个拥抱的时候，就来找我吧，不管我是来大姨妈痛得要死，还是没睡醒困到崩溃，我都会记得，先将两只手臂伸向你，帮你隔绝外界的伤害，让你暂时休息一下，然后陪你面对一切。

我们是连世界末日（玛雅人预言世界末日是2012年12月21日）都熬过的老伴，什么都不怕，是吧？

亲爱的老伴，这么安静的夜里，让我在心底抱抱你吧，你给我的温暖和陪伴，让我非常欣喜，并且觉得，我也想要给你这些温暖，以及陪伴。

这星球天天有50亿人在错过，多幸运有你一起看星星在争宠。

亲爱的，我们一起作伴。

不能和你一起拥有喜悦悲伤，不管走多远，步伐都没有力量。

老伴：霁

03

在我的作品《你只是来体验生命的》上市后，有读者给我留言：“你在文章里写了至少十次‘我闺密’，你和闺密的感情真的有那么好吗？”

虽然我情路不顺，仕途受阻，但是却有很多朋友、闺密。

当我身无分文时，我的朋友愿意把手里仅有的一个馒头分我一半充饥；当我流离失所时，我心无顾虑地住在闺密家，重整旗鼓，重启人生；当我遭受不公时，我的朋友甘愿冒着巨大的风险替我申冤；当我无家可归时，闺密独自驱车十几个小时赶来接我回家……

我有两本书的序言都是闺密写的，那两本书都卖得奇好。

她们是我亲手选择的家人，每一位都帮过我很多，也见证着我一步一步成为我，是我前行的底气。

我们有的以姐妹相称，有的以老伴相称，有的以外号相称，各不相同，但她们都真心地希望我好。

我是高敏感的女性，闺密也大多是心思细腻、多愁善感、深思多虑的人。

我们交换彼此心底的秘密和沉重，也理解对方不足为外人道的嗔怨和委屈；我们用书影音探寻世界的秘密、两性的困惑，也在无数泪水与叹息中看见对方，共情对方，越来越像对方。

有人说，年少的朋友总会渐行渐远。

我少时的闺密们却一直在身旁，尽管我们不在一座城市，不做同种行业，也不共有相同圈层。

那些为期10年、20年的“长青”友情，大约是因为，彼此不仅是“吃饭搭子”“上班/上学搭子”，玩伴式的友谊总会随着时空的距离而消失。

但我们，是共享过一段人生的知己。

高山流水，知音难觅，钟子期死，伯牙破琴绝弦。

“从前的日色变得慢，车、马、邮件都慢，一生只够爱一个人。”

时代的节奏越来越快，年轻人更倾向歌颂“果断投入、迅速转身、轻拿轻放”的关系，我怀念少时花去一整个夜晚，给闺密写信的日月。

我想，拥有一段不被时间和距离打败的情感，无论是亲情、友情、爱情，都是一件值得嘴角上扬的事。

此生何必再从头

如果我的生活像一卷录影带一样，我一定要找到我22岁时候的那段，假如时光可以倒流，我会选择过另一种生活。

和我的爱人，回到老家，买一套不大的小房子。不要太多钱，每天去菜场斤斤计较，为发论文、评职称而与人争得面红耳赤，也为女儿考不上好学校而心焦。和我的爸爸妈妈还有孩子在一起，安安稳稳地过日子。

可能那种生活，才是我想要的。就像电影里的慢镜头一样，那么简单。

——《蜗居》

01

看电视剧《蜗居》，临剧终，听到海萍这样说，我的心，颤巍巍，如桃花临水。

这是一个何等独立理智、争强好胜的新女性，名牌高校毕业，她曾骄傲地说："我就不信，上海这么大的城市，这么多人来得，我们来不得，这么多人活得下去，我们活不下去。我不光要活下去，还要活得好！我的将来，一定比他们牛！我一点都不后悔来到这里奋斗，因为我不想做井底之蛙。"

光怪陆离的大城市，诱惑无处不在。

声色犬马、灯红酒绿轻易地为心灵蒙尘，有多少爱情，在物质世界里，因沾染铜臭而变质。

在钢筋水泥浇铸的物欲都市，爱情的空间已渐渐荒芜；在金钱地位为支点的贫血社会，爱情已慢慢枯萎以致凋零。

海萍的妹妹海藻，是初代“小娇妻”人设，柔柔弱弱的女大学生，从落后安逸的老家来到满目繁华的都市——这里有音乐厅、博物馆、明珠塔，流光溢彩的霓虹，都是她闻所未闻的新鲜事物。

万家灯火，纸醉金迷。

她曾在LV柜台前流连，也为买不起哈根达斯而失落，为生计奔命，为柴米油盐烦恼，直到遇见市长秘书宋思明，命运才迎来中转。

为了姐姐购房的首付，为了能呼风唤雨的生活，为了哪怕只有30块钱的哈根达斯，海藻当了市长秘书的秘密情人，出卖爱情与肉体，换来丰裕优渥的物质生活。

传说浮士德用自己的血和魔鬼订约，出卖灵魂，以换取世间的权力、财富和享受，《浮士德》里有一句话：“你们所看见而现在认为据为己有的，不过是一个幻影。”

海藻亦如是，一切终虚幻，他是有妇之夫，永远无法给予她真正的归宿与安全感。这段见不得光的关系，早晚会分崩离析。

编剧六六把婚姻写得不留情面：**“婚姻就是元角分，就是柴米油盐酱醋茶，就是将美丽的爱情扒开，秀秀里面的疤痕和妊娠纹。”**

可是，即便婚姻面目可憎，但背叛婚姻，也依然可耻。

而宋思明以爱之名，给海藻构建的浪漫粉红泡泡，本如浮萍，终为泡影。

02

最近在读德莱赛的《嘉莉妹妹》：“一个女孩子18岁离家出门，结局只有两种，要么遇到好人搭救而越变越好，要么很快接受了大都市道德标准而越变越坏。在这样的环境中，要保持中间状态是不可能的。”

嘉莉妹妹贪恋繁华，“狂热地渴望某种朦胧而至高无上的权力”，为此甘当一介高官的情妇。

我不理解，那些和魔鬼交换灵魂的女性，或许短暂地得到一些能力之外的东西，但她们真的幸福吗？

“光鲜亮丽背后，就是衣衫褴褛。所有的焦点，聚集在镁光灯照射的地方，观众只看到华美壮丽的一面。光线照不到的地方，即便有灰尘，甚至有死耗子，谁又会注意呢？”这段话出自一本名为《夜店》的小说。

我们上大学时，这本书广为流传，每一本封面上都写着“韩寒 著”，但后来韩寒好像辟过谣。

据传，有一个女孩拿着一本《夜店》，找韩寒签名，但这本书其实是盗版书商冒用他名字出版的。韩寒原本打算告诉女孩真相，但女孩抢先表达了对这本书的喜爱，称这本书影响了她的人生。于是，韩寒接过了书，在书的扉页上签下了“韩寒”二字。

虽然是盗版书，但那本书的影响力却是空前的，它讲述了四个大学女生，为了追求更好的物质享受，一步步沦为成功男人的情人，她们自称“没有飞翔的能力，却做着飞翔的梦”。

在书里，女孩们说：“贫穷的爱情不叫爱情，叫挣扎。”

她们丝毫不遮掩自己对贫穷的厌恶，对物欲的追逐与贪婪，这本“政治不正确”的书，的确影响了许多女性的人生。

03

我读的是师范，在我的大学同学里，就有家境贫寒而美丽的女孩，为了金钱，攀上有妇之夫，于是，她们穿着四位数的裙子，在校园里摇曳生姿，出入广州塔的最高层吃牛排、喝红酒，去私人俱乐部打高尔夫。

手握“资源”的女孩，还会慷慨地把“富豪”的朋友，介绍给自己的闺密。

现在我30岁，回头看当初她们朋友圈的“炫富”，其实随着时间流逝，都是稀松平常的东西，她们攀上的也根本算不上富豪，只是一些年长的、普通中产男性，只是当时的她们太急了，等不到30岁，凭自己的能力得到这些。

“我们的年华，就在时光的洗涤里，惨白地流逝了。像细细密密的纹路，在乍一看的千篇一律中各自曲折着。突然觉得，时光是一股残酷的力量，拿走我们最好的年华，留下满目疮痍。”

这本书的最后这样写道。

浮华的背后，是百孔千疮，是遍体鳞伤。

佛说：三千繁华，弹指刹那，百年过后，不过一捧黄沙。

她们汲汲追寻的蜗角微利，不过是滚滚红尘中，缥缈而渺小的存在，终究尘归尘、土归土。

最终，《蜗居》里海藻的情夫死亡，孩子流产；嘉莉妹妹的情人畏罪潜逃，她只得流落街头；《夜店》里面的女大学生，躺在冷冰冰的床架上，做流产手术，还要忍受情人原配妻子的拳打脚踢。

2012年当红的电视剧是《北京爱情故事》，抛弃男友、傍上大款的杨紫曦悲叹道："我把我的幸福，弄丢了。"

04

这些都是我们上大学时，最流行的书影音。

影视剧和图书，都在一定程度上，反映了当下的社会价值观。

我们刚成年，懵懵懂懂地离家上大学，就接触到这样的思潮，难怪有女同学会难挡诱惑，误入歧途。

时代飞速发展，人们的婚恋观日趋功利，甚至沦为谋取物质基础的手段，实在可悲。

我喜欢这样一个寓言：

小蜗牛问妈妈："为什么我们生来要背这么重的硬壳？"

妈妈说："因为我们没有骨骼，爬得又慢，需要一个壳来保护我们。"

小蜗牛问："可是毛毛虫也没有骨骼，也爬得慢，为什么它不用背又重又硬的壳？"

妈妈说："毛毛虫可以变成蝴蝶，天空会保护它。"

小蜗牛又问："蚯蚓不会变蝴蝶，为什么也没有壳？"

妈妈说："蚯蚓会钻土，大地会保护它。"

小蜗牛哭了，伤心地说："我们好可怜，没有人保护。"

妈妈说："但是我们有壳啊，我们不靠天、不靠地，我们靠自己。"

想要没有错，但妄图依靠别人，那就是"所有命运馈赠的礼物，都已在暗中标好了价格"。

一间小屋，几本小书，闲暇的周末傍晚，踩着单车逛黄昏市场，守着我相爱的人，过平安、琐碎且幸福的小日子，就是我能想到最浪漫的事。

执子之手，天长地久。

电视剧《蜗居》的最后，海萍说："假如时光可以倒流，我会选择过另一种生活。"

其实，只要我们人生的每一个选择，都光明磊落，无愧于心，此生又何必再从头？